想象另一种可能

理想国
imaginist

老派少女购物路线

洪爱珠 著

北京日报出版社

目 录

001　序　读《老派少女购物路线》有感 / 舒国治
009　序　用一碗鱼丸汤来换 / 马世芳
015　推荐　卤肉的时间感 / 蔡珠儿

辑一　老派少女饮食与购物路线

021　小厨情物
031　老派少女购物路线
041　本地妇女的芦洲笔记
051　芦洲老区凉水两味
057　居家隔离式吃饭
067　人间菜场

辑二 粥面粉饭

081 吃面的兆头

093 米苔目两种

099 粥事

109 冬日甜粥

115 吃粽的难处

121 被食谱形塑——汉声《中国米食》

辑三 明亮的宴席

135 为了明日的宴席

143 卤肉之家

157 年菜兜面

163 隆重炸物

171 芋头的天分

177 外来的年菜——高丽菜卷

辑四　茶与茶食

191　港岛茶记
201　等茶时光
211　台北老铺茶食
217　摩登土产凤梨酥

辑五　南洋旅次

229　暹罗航道
247　香气的总和
257　钵与杵
263　南洋吃煎蕊
269　槟城购物记事——印度黑铁锅
277　茶室的文法

291　后记与致谢

序　读《老派少女购物路线》有感

舒国治

我甚少为出书写序。

甚少为人，也甚少为己。

远流编辑寄来书稿，一看作者，洪爱珠，她不是做设计的吗？怎么也写书了？

本想搁个几天，翻上几页，然后找个理由推掉。

不想几页翻过，竟然直往下看。一下看了几十页，心中生出一念："待书出了，我要买一二十本送人！"

最先想到要送的，是侯孝贤导演。他爱拍大家庭围桌吃饭。并且侯导绝对乐意享受日常饭菜的气息。而这本书，奇怪，充满了台湾的"家居吃饭史"。再来，这本书流露了简单又平静的镜头。于是,侯导也或许可以倚在墙边,平静地看上一眼别人家平淡的摆镜角度。

再想送的,是关传雍。他是近八十岁的室内设计大师,每一两天还自己做点吃的。固然是喂饱肚子,但同时在弄菜时还可享受一点创作。他小时家中吃的是安徽菜,在国外时学做了西菜,而他近二十年似乎对东南亚的"露天版吃饭法"(我用的比喻字)极有兴趣;洪爱珠书中讲泰国菜、马华潮汕菜、香料捣钵,皆是关哥最爱的厨房"家家酒"。我一定要送他这书。

还要送给何奕佳。她爱台湾老家庭菜。她素知有些家族富裕了,吃的还是祖母曾祖母农业社会年代的围桌饭菜,只是自此做得更精美丰备罢了。她主持的"山海楼",或许可以参酌洪妈妈的某些老料理。比方说,羊肉汤里那一截甘蔗头?

也要送一本给徐仲。他每天都在考察食材,也要和他顾问的"欣叶"厨师们讨论菜色。洪爱珠的"卤肉",大伙也可讨论讨论。

也送一本给王嘉平。他平日做意大利菜，但从Solo Pasta脱下围裙，常想的，是台菜。我有一次和他闲聊："卤肉饭的卤肉是红烧，可不可以做成白烧？"我又说："改天到我家，车子在楼下暂停，快速吃一碗白烧的卤肉饭，然后下楼出门！"洪爱珠这本书，嘉平绝对派得上用场。

哇，可送的人太多了。

日本的是枝裕和导演，最喜凝视侯孝贤电影。他早些年的《横山家之味》，婆媳一起在厨房做菜，镜头美矣，情景郁矣；台湾家庭饭桌，何尝逊色？然不多见诸笔墨。这本《老派少女购物路线》，是写台湾家中饭桌菜极好极动人的一本书。

洪爱珠这本书，说是写吃饭，也更是写家人。说是写饮食的审美，也更是写人生的句点逗点。说是写世道家园风俗之返视，也更是写自己怀亲从而修心养爱的过程。

台湾人做菜，太多家庭皆知煮茶叶蛋要敲出冰裂纹，然甚少人费事下笔。洪爱珠不但做茶叶蛋，也将之写出。此何者也？便为了即吃饭亦不忘审美也。不只冰裂纹的形美，是冰裂纹而得获之入味美也。

她曾写葱油饼，"我们小手在面皮上将猪脂、盐和葱花匀开来……"写得短长恰宜，写出了家中吃东西的不窘，也写出蕙心绣手的妈妈之高才却只静守自家那种时代的愁韵。

爱做菜、爱吃的人有一通态，即乐意做别的省份的菜，当然也乐意吃别省菜。故本省人不介意做干煸四季豆、宫保鸡丁；香港人不介意做粉蒸排骨；外省人不介意做咸蚬仔，更是嗜吃粉肝、凉笋；并且，所有的华人都乐意做意大利面。洪爱珠的家庭看来是吃的一个好家族，在这样的情境中成长，根本天生就可以是吃的鉴赏家。更别说也乐意是吃的"施工者"。

这样的人，做任何的创作皆有可能得臻高境。

然我似有一印象，她的工作是美术设计。并没有去写作。

本书中她写了那么多食事……想起一事：早知她写得好，四年前我打算停写高铁小吃专栏，编辑问，可否推荐几位年轻写吃人,若早识她笔健如此,便能举荐她也!

坊间食谱,写得好的,不多。而洪爱珠极适合写食谱。又想及一事。

六〇年代,一本叫《台湾家庭料理》的书,作者是台南的黄李秀贤女士,是三一幼稚园的园长,亦是烹饪老师,当然也是料理高手。不仅会做台菜,也会做大江南北菜。她若晚几十年出书,若能央得洪爱珠这样懂欣赏菜、爱窥看妈妈烧菜、爱描述厨房琐事并要事的写作人来撰写食谱,书中滋味,或就更香美了。搞不好当年还可以和傅培梅一样红呢!

当然,洪爱珠不只是写吃写得好,她是——写得好。她写美空云雀唱歌,"声音绒厚,却含着盐粒……"她写空的茶盒,"世人有时轻看物质,不知道人生难料,须有旧物相伴……"她写洗芫荽根,"指甲刮除泥尘,露出牙白色的根部,此时幽香缕缕,是洗菜时独享的礼物"。她写前人留下的烧菜法,"以后长路走远,恐怕前后无人,把一道家常菜反复练熟,随身携带,是自保的手段"。写食材的计量,"磨点姜泥……至多一个刀尖的分量,太多就夺味"。写吃面与觇人,"凭借吃面,看清彼此的参差……见识过不少感情成灾的事,是从生活里的碎石细沙开始崩塌的……"

固然我甚少留心外间写作的新秀,其实是孤陋寡闻;而今一读洪爱珠文字,显然不是这一两年才起手写作。真不愧在美术工作之余还有恁深的钻浸。抑是写作才是她心底深处的手艺,美术设计只是工作上的幌子?

她的行文路数,武林各高明门派,看来也多参酌。像以下这几句,有一袭港粤笔墨:"每天清晨'煲'粥……""骨头则'飞水'后熬成鸡汤……""不时搅拌,以免'黐'底……"

另外,行文似乎对民国腔气颇有钟情,"……计两百三十步。因此现要给大家讲讲本地,讲的是我家对面的芦洲"。依稀有沈从文、胡兰成笔意。

说到芦洲。看她这本书,俨然便是芦洲的文化大使。看官我且试着问问你:看了这书前段,有没有想马上就奔去芦洲吃他一碗切仔面、绕一绕涌莲寺?

这就像如果六〇年代七等生在写小说之外,写一本两三万字长的小镇通霄往事,便会不自禁就达成通霄的文化大使之身份也说不定。

不说文化大使,只说食材大使,她也够资格!像说到煮饭,她说得特别恰如其分地好:"毋需迷信杂志上这土锅那土锅的……"她又道:"蒸气消弱,声音静下来,饭香流泻即熄火……水分蒸干,米粒发亮即止。接下来任何人拿刀架着脖子,也不掀盖……""我以为在直火上将生米煮成熟饭,是一生受用的技能,最好连儿童都尽早学会。"

须知台湾是坊间餐肆最不重视煮饭的地方。而洪爱珠写吃竟耗上极多篇幅谈米、谈饭、谈锅子、谈粽子包法、谈肠粉,可见她对家常吃食最愿寄情深重,而毫无沾染动不动米其林米其林的恶习。又她细写家中事,却不在字里行间悄悄炫耀家世(君不见多少作家动不动提起家中豪宴、说佛跳墙云云……),可见出她的空旷胸怀。

或也就是这虚心，令她大器晚出。这虚心，多半来自家教。

而这种家教，会引导小孩别太爱出锋头，甚至在等待姻缘时，不可过度"抢戏"。

那么如果一个女孩生得端庄，端庄到有点古板、有点不会散洒风情，那她的姻缘何妨耐心缓等。

这种"急不得"哲学，在台湾最是珍贵。女看官亦可自问："我是不是做得到'急不得'？"如是，那人生搞不好另有一番日后好风景。

所以书名虽叫购物路线，也其实是少女成长路数。她写购物路线，其实帮你们恁多读此书的女娃儿点出了有志气女子大可信心满满过笃定日子也。

序 用一碗鱼丸汤来换

马世芳

逝者已矣，青春不可追。于是，重建记忆的味道，工笔细细记下，就成了招魂的仪式。

我想用一碗鱼丸汤，来换洪爱珠的这些故事——其实这些故事岂能轻易换得？作个引子罢了。

当我还是小孩的时候，世界上最美味的食物，是牯岭街一间小面店的福州鱼丸。

吃鱼丸汤，从来都是舅舅带我去。外公外婆生二女一男，长女是我娘，长子是舅舅。舅舅生活不算稳定，总教外公外婆发愁。每次他回外公家，二老总有苦口婆心一番训勉。我猜，带我出门晃晃，也是他暂时躲一躲，喘口气的借口。外公外婆是苏州人，度日丰俭不论，点心终归要吃的。我亦极得长辈疼，舅舅要带我出去吃点心，外公不会阻止——外公早年曾经替人作保背了债，颇有一段辛苦日子，母亲却记得，即使最拮据的时候，一家人还是要吃点心：一颗蛋摊成蛋皮，撒点儿白糖，卷起切段，全家分食。

外公家是一幢二十来坪的日式小屋，曾经住了三代七八口人。外曾祖母，我们叫她"老太太"，缠过足，一辈子只会说苏州话，却能和家里帮佣的说闽南语的阿利婆沟通。阿利婆从老太太那儿学会一手厉害的江浙菜功夫，台菜也做得极好——她在外公家工作几十年，照顾了我们一家四代人。阿利婆的珍珠丸子和瓜仔肉，就是我对所谓"美食"的记忆原点，不过那是另外的故事了。

我坐在玄关的梯级，穿上小朋友的鞋，推开纱门，走出小小的院子。舅舅已经打开绿漆白条的木门，在外面等我了。其实去吃趟鱼丸，来回脚程不过十来分钟，对我来说，却也有小旅行的心情。

我和舅舅从外公家出发，牯岭街几乎都还是平房，太阳晒在矮墙上，金灿一片。我眯起眼睛，抬头四顾，舅舅停下脚步，催我跟上。他是个口拙的人，每次讲笑话逗我开心，我都不知道该不该笑。他总会在路上问我："等一下要不要多吃一碗？"我其实很想说要，却总是矜持摇头。

啊，一口气吃两碗福州鱼丸汤，是我始终没有实现的，豪奢的童年梦想。

我们会先经过几家旧书摊，厦门街到牯岭街六十巷口，依着矮墙一整排郁郁葱葱的大榕树，院落里枝叶掩映的老宅曾经住过哲学家方东美，隔壁便是台大校长官舍。庞巨的树荫遮着那段红砖路，终日阴凉，不见天日——多年后，那风景仍不时出现在我梦里。

过福州街，再走几步路，就是鱼丸店。我总以为是他们发明的"福州鱼丸"，谁叫它就在福州街口呢？

因为是点心而非正餐，我们从来不吃面，不要小菜，只点两碗鱼丸汤。一勺冒气的大骨汤，两粒很大的鱼丸，几星芹菜末，浮在磕破了口子的浅浅瓷碗里。舅舅会拿白胡椒来撒，我不要。平底铁汤匙舀一粒鱼丸，匙底带点汤，吹一吹，咬一口，鱼丸糯韧，肉馅汤汁在口中爆开。我很珍惜地吃，可毕竟只有两粒，一下就吃光了。

这时候，才看到碗底画着一尾虾。虾身饱满，弓着朱红的身子，两条长须很潇洒地撇出去再弯回来，随着清汤的折射晃呀晃。汤很烫，慢慢喝。喝完再看，那只虾竟变小了。

后来我翻父亲的水墨画册，也看到了很潇洒的虾。于是自作聪明，以为瓷碗底画着一只虾的，都是齐白石。

望着空空的瓷碗，恨不能再续一碗。舅舅付了账（两碗十块钱），我们慢慢踱回家，太阳比刚才又斜了一点，路上交错的光影更深更浓了。

外公家客厅彩色电视机播着杨丽花歌仔戏，音量开得很大。阿利婆一面在厨房烧菜，一面听戏，满屋子饭菜香。情节到关键处，阿利婆会撇下做到一半的菜,到客厅站着看一下电视,再回厨房忙。

晚饭做好了。阿利婆高声喊我的小名:"小球来,你上爱食的瓜仔肉!"我很高兴刚才没有多要一碗鱼丸汤,等下可以多扒一碗饭。

牯岭街七十八号的老屋,如今片瓦无存,只剩隔壁楼房墙面山形屋顶的遗痕。老太太、外公、外婆、阿利婆,都做仙去了。舅舅移民加拿大多年,人生颠沛曲折,我们很多年没有见面。

牯岭街卖福州鱼丸的面店,至今仍在。是不是舅舅带我去的同一家,已经无从考证。我家冷冻库倒是常常备着一斤东门市场"义芳"的包馅福州鱼丸,不过,一口气吃四粒这样的事情,至今不曾做过。

若非读了洪爱珠从她自小浸润的芦洲、大稻埕出发,织出一部魂牵梦萦的思念之书,我大概也不会忆起那碗牯岭街的鱼丸汤——我很想说:那样的鱼丸汤再也没有了。但那样未免夸大不实:起码"义芳"的福州鱼丸,老实说,未必输给记忆中那一碗。

然而毕竟幼时的我,眯着眼睛看过七〇年代的太阳,端过那只磕破了口子,画着一只不是齐白石的虾的瓷碗——而让我们魂牵梦萦,后来再也没有了的,永远是一些其他的东西。

推荐 卤肉的时间感

蔡珠儿

洪爱珠的文章，之前零散看过，舒徐淡定，见解独到，读之亮眼，已知身手不凡。如今织锦为帛，纂结成书，更见风格浑成，秀异特出，我有幸先得书稿，两天就津津读完，目睹新星烨烨放光，高兴又喜欢。

常人写吃食器物，多是定格近拍，浓笔重墨，特写细描，务求纤毫毕现，活色生香，但贴得近，盯得紧，不免就成斗鸡眼，焦距紧张目光短浅。然而爱珠不这样写，读此书的第一个好处，就是明目益智，令人视野宽宏。

你看她喝蔗汁，旁及啃蔗社会史；吃白粥，讲小菜也看神态,进而远眺生命流转,端详最初与最终的孱弱时光。讲切面,不只看汤头和煮内脏,还有"油成一种境界"的地板,伏笔是跟谁吃,观点是面与人。她的器物食味,绝不单薄孤立,必有氛围脉络,故事人情,形成格局体系。

第二个好处,也是他人最难企及的强项,是沧桑的时间感。爱珠文风的温润典雅,固然与家族根柢、熏陶养成有关,然其深邃幽微,则源于今昔对照,悼亡感伤,"母后"(母亲去后)是感情结构的关键字,往日习焉不察的吃食烹煮,琐物细节,经过回忆重建,展现普鲁斯特式的瞬间(Proustian Moment),缠绵悠长。

时间是"蹑步之贼",磨损人事戕害至爱,却也因为对比反差,构成暗影,拉出深度。恋旧感伤,虽是书写食味的常见调料,可喜的是爱珠不落俗,不耽溺,能把湿黏厚重的悲痛,写得干爽透气,乃至夐远苍凉,譬如讲三代母女诸事,视角骤然推远拔高:"长长的百年的大街上,四顾仅余我一人。"清淡如斯,力道却深达肺腑。

第三个好处是文字，闲散跌宕，文白相间，颇有舒（国治）式风味，而雅隽洗练，又有点像晚明的张岱。只见她摇曳生姿，两三笔闲闲勾描，已然神完气足，肉粽芋枣滚热喷香，铜勺铁锅铿锵作响，店主板娘容颜举止，无不活跳跳，读来快意畅爽。

爱珠的文体有空气感，宽柔到近乎松软，却又叙事严谨，视角精确，用现代话说，就是资讯含量高，经验值强大。身为爱煮同好，我读她写炸物、卤肉、蒸冬瓜肉饼，甚至家常煲粥煮饭，都见到撇步眉角，轻柔的字里行间，暗藏杀手招式，看懂的就知道，都是硬实功底。

此书佳妙，好处不能尽录，我只讲这三样，其他的还多着，你自己去看吧。是以为荐。

辑一

老派少女饮食与购物路线

小厨情物

搬进新家,觉得厨房真是小。

一字型厨房,除去炉火水槽,仅余一截四十公分台面,使用时常感局促,备料搬来挪去。但多小都是好的,是自己的。女子有了专属的厨房,便是当家做主了,决定吃或不吃什么,是自己给自己做主。

从老家迁出时仓促,新家空荡,空屋里仅铺木地板和灯,未置一件家具,唯厨房早已在那里。带来马克杯一只,与老友相赠的煮水壶。龙头连续开上几分钟,泄去管内发黄陈水,取净水滚沸,冲红茶,放一点糖块与牛乳。

就地坐下，抿着茶喝，定神看景观窗外夜色浓，防汛堤防里不见人，水泽和芦苇都黑深深的。而屋内黄暖，新漆气味清凉而幽静，想我这就是独居了，成了自拥厨房的女子。

人都要经过不止一个厨房的，因为迁徙、改建或者婚嫁，从一个厨房离开，到另一个。

童年反而是在偌大的厨房长大。城郊自建的透天屋舍，外婆当家时期，几个舅舅住家一楼都是公共区域，家族开饭，在开放式厨房和大饭厅，一餐烧上十数个菜。外婆且在二舅舅家，加盖砖砌大灶，架上生铁大黑锅，蒸一堆粽子、几十只毛蟹、巨量米粉，冬日里烧老姜糯米鸭全家进补。三代人哄嚷吃饭都是十多年前往事，想起来仍鲜明如蒸烟，开锅时团团笼上来，半空中丝丝逸散掉。

妈妈的厨房，则是西式厨房，用当时的话讲，配备"欧化系统式厨具"。新厨具用掉一笔大钱，有浅灰色美耐板门片，和日本进口的炉连烤灶台，寄存着年轻妈妈的愿景。

这个厨房是家中之家。除流理台，另有小方桌一张。童年时我和弟弟每天在小方桌上吃早餐和点心，夏季喝洛神花茶、爱玉、银耳莲子，冬季有花生汤或热米浆，点心皆是从搓爱玉泡花生做起的。家中饭厅有张可坐十个人的红木大圆桌，但那是晚餐和宴客时才用，我们不爱，时常赖在厨房里的小桌上，总之，赖在我妈身边。

妈妈来自商人家庭，少女时期每天张罗八十位员工的团膳，家中且大小宴席不断，有小餐馆规模，因此手艺高，具观赏娱乐效果。我们崇拜她，看她刀工如特技，将极细的姜丝、匀薄的萝卜片连续地翻出来，甩锅精准，热炒神速。

大家族共餐规矩多，妈妈又严格，我自小椅面仅能坐三分，长辈面前嗜好的菜色也不能多取。但回到我妈的厨房里，想吃的食物只要许愿，全部能得。因此妈妈尽管八点就得上班，但常常清晨天没开便起床熬鸡汤、熬香菇糙米粥。假日也早起，在厨房台面上布置十多个小碟，装上火腿丁、青椒丝、玉米等材料，让我和弟弟叠放在吐司面包上。吐司抹上番茄糊、铺满乳酪、放入烤箱里烘，就有一种洋人 pizza 的意象，八〇年代台湾，这算是异国情调。

有时候小孩也帮手，妈妈顺便教点诀窍。比如煮豆浆，汤勺轻刮过锅底角落才不焦锅；做葱油饼，让我们小手在面皮上将猪脂、盐和葱花匀开来；炖茶叶蛋，以筷子磕破煮熟的蛋壳，色痕若要好看，手指捏筷尖上，筷头往蛋壳弹击，软力中带点巧劲，才敲出匀如青瓷上冰裂纹，乃可食用美。

厨房里吃着玩着我就大了，我妈也老了。重度使用二十余年的橱柜破旧，五金坏损门片不时垮下来，瓦斯炉点火器停产，只能以打火机点火。我妈俭省自己服务他人的历史太长，老拖着不换，直到自己生病，我提议重修厨房吧，她才勉强同意。

好友的妈妈是资深室内设计师，以妇女对妇女的会意，为我妈设计了很好看又好使、兼大量收纳的新厨房。完工后我们将新厨房的灯点亮，一抽一柜打开来向妈妈献宝,她纵使虚弱,眼底仍燃起光来。可惜妈妈与新厨房缘分不深,几个月后过世,厨房里没有过几次因她而起的炊烟。

我妈不在,但是母女俩的厨房光阴,仍寄居在整批瓷光暗淡的碗碟上。我继承这些厨房遗产,搬到新家继续使用。

首先是我妈的砂锅。这只砂锅无名姓,并不来自什么知名窑场,盖上有竹叶图案,底面有"耐热锅"字样,是台湾本土出品。到底在家里多少年也记不起。锅底熏黑一片,能看见一划明显的裂痕,记得是空锅烧久,哐一声裂了。我妈颇懊恼,后来竟找到专人修补,伤兵归队后一直用到今天。我拿这只锅来煮火锅,煲白粥,烧腊味饭。用毕清洗,见它累累伤痕,生出一种和老队友加班到深夜的寂寞温馨之感。

日常做饭的铁锅之中,有一只生铁锅,是与妈妈最后一趟欧陆旅行时,从巴黎蒙马特大街(Rue Montmartre)厨具街扛回来。铁锅用毕就得养,洗净

小厨情物

放上炉台，小火烘一会儿，熄火，纸巾蘸点冷油，锅内抹一遍。养过的铁锅，隔日煎蛋卷也不粘。我性格里有点滥情，养什么都怕养死了，自己承受不了，因此动植物尽量不养，但愿意养锅。妥善照顾的铁锅或比人长寿，不怕生别离。

京都锦市场的名店"有次"，大家来此通常买刀，也有买铜锅的，而我妈偏要买一支毛拔。在京都买毛拔是什么道理？妈妈手举到我眼前，按压那毛拔，演示那金属的微妙挺度和张力，说明此高档毛拔，如何较台湾五金行一支二十元的毛拔更为卓越。后来我常做家传卤肉，从传统市场里买来黑猪肉，残毛没烧干净的，就要自己重新镊过，很快领略这毛拔施力容易拔毛飞速的好处。小小毛拔，也见工艺的高下。

还有一件黄铜冰勺，来自彰化花坛，一般是舀冰淇淋用的，我常常烤杯子蛋糕时，拿它来分装生面糊。那年妈妈刚开始养病，体力还行，一个周间早晨，见我读杂志里的冰勺报道很是神往。化疗刚出院的我妈，斜靠在沙发上，徐徐说："现在去开车，中午不就到花坛？"

即刻联系当年八十多岁、台湾仅存的手工冰勺匠人黄有信师傅。

电话响许久才接上，彼端是师母，我将来意解释了一番。

"您欲按佗位来？"师母问。

"台北。"

"按呢过昼才搁来，伊爱睏昼。"师傅八旬高龄需要午睡，过午再来。我们满口答好。

爸爸刚好在家，就去开车，妈妈坐上副驾驶座，我们仨就出门买冰勺去了。

中午抵彰化，闲晃到下午才到花坛。黄有信师傅已午睡起身，工作室在自宅三合院偏厢的厨房。冰勺有十数种尺寸，最大的能刨出肉圆，最小则是凉圆。待我们选定大小，才将铜片打磨成圆勺，将之焊接在把柄上，把柄上刻一个"吉"字，是为商标。我们围着师傅，看着火星喷溅傻笑，听他反复交代，冰勺绝不能浸热水，否则圆头可能脱落。

为了这只冰勺，我与父母三人在此，有过这么一趟临时起意的小行动。后来黄师傅退休，我妈没了，回想此日细节历历，甚为珍惜，是回忆里括弧起来的一天。

最后是那块砧板。

妈妈和阿姨结婚的嫁妆之中，都包含外婆精选的乌心石砧板一块，还有一把文武刀。我家那把刀不知哪去了，阿姨的刀至今还用，三十年下来打磨无数，木柄烂过一次，托人重制。整把刀黑沉，刃上有米粒大小缺口，看上去是文物之属，竟沿用至今，可见我阿姨性格犀利只在皮表，实则念旧豆腐心肠。

而我妈则留着砧板。这块连用三十年的砧板，我非常怕它。

因我妈用起这块砧板最称手，除了水果，她在上头切剁生熟不分的一切东西。不都说砧板上的细菌可能比马桶多吗？连番恐吓我妈，她从没当一回事，用毕以滚水烫过就当消毒。我们一家照吃饭照香，实际也没出过毛病。到妈妈病了，我接手做菜就没敢用这砧板，往厨房角落一塞数年。但究竟是木头，经人长年使用后几乎有灵，丢不得。妈妈过世之后，我更当它是位长辈，万不可能抛弃。这块砧板如今薄了一点，龟裂成蕈状边缘，老脸似盘着枯干的密纹，但中央平坦全无凹陷，且异常沉重，可见坚质。我将它搬回公寓，开始真不知道拿来做什么好，后来才作为茶盘使用，偶尔拿来垫垫几块油饼。

回想我母女二人最多的相处都在厨房里。我妈径自湮去，我还前路茫茫，然而凭借这批黄铜不锈钢木制陶烧的坚固遗产，至少在崭新的厨房里，将回忆温热，将从前日子反复记得。

老派少女购物路线

妈妈病笃。倒数时日,她愈是寡食少语长睡偶醒,往生命静止方向深水潜游。彼时我每日问她想吃什么,然后尽量张罗来,博她一点病中日光。妈妈谈食物的时候,较能谈笑,于是以此唤她回神,多望一眼我们这些今世家人。

人在尽头,返身回望,妈妈一生在吃食可谓富裕,倒数时刻,念想的反而是素朴的儿时食物。如咸冬瓜蒸肉饼,那是已故外婆的家常菜,白粥酱菜或肉松一碟。而这日她说,想吃炸春卷。

炸春卷自然不能是买来的。我妈虽病,但绝不糊涂，没有什么比外带回家，被蒸气捂软的春卷皮更坏。最好办法，便是买新鲜润饼皮，裹炒过的春蔬，油炸后立刻呈到她面前。而时序初春，清明未至，润饼皮在地方市场里不易买，此时唯能往城里去，倚靠我家三代女子的心灵故乡：大稻埕、迪化街、永乐市场。

陪病两年，在频繁的门诊化疗手术急诊中，日常脱轨，活成夜长昼短、苍白无风恒温状态。然而一抵迪化街，日光慷慨，晒褪病房阴凉。感官放大，整个街区的生活气味聚拢上来。青草药材的、熟食摊贩的、香菇干贝虾米鱿鱼的鲜腥味奔放，不远处霞海城隍庙的香火，也嗅得一点。呼吸满腔复杂气味，就深感扎实活着。

其中每股气味，我都能单独辨识，皆神奇勾引。回到陪外婆购物的儿童时期，和与妈妈一起吃喝的时光，我们知根知底熟门熟路，这是我家祖孙三代老派台妹，最热爱的台北聚落。落俗一点便称这类心情"出嫁女儿回娘家"。青春永恒真空,是女子心中的自由小鸟。返抵娘家,回到城北河边的大稻埕,我们皆成少女,步履轻盈一脸发光。

而娘家并非虚构,三人之中,我外婆阿兰,是真正以大稻埕为娘家。

日据末期,阿兰在富庶的闽人聚落太平町延平北路长大,大桥小学六年级时,见证终战,日本殖民时代结束。她去正值巅峰的永乐戏院担任售票员直到结婚。目睹过盛世之人,总留下几枚勋章,日后外婆转述永乐一代青衣祭酒顾正秋巡演时的盛况,眼底仍有流转的星闪。

阿兰结婚,远嫁淡水河对岸,观音山脚下的郊外之郊。形容自己进门时,足踏漆亮高跟鞋,一脚踩进屋内,鞋跟即深陷泥地,台北小姐的农村拼搏史自此开始。而老派淑女未曾放下往日讲究。踏出房门,必全妆示人并抹朱红唇膏,以马甲束裤将自己扎紧,穿定制洋装,系细黑皮带。

旧年对女子要求苛刻,美而无用不成,她还必须能干。因此外婆与我妈，皆乡里驰名的能做菜。外公经营外销生意，六〇、七〇年代，员工近百家人数十，盛时每天摆开八大张圆桌吃饭。更有连绵宴席，宾客来自欧陆、中东与东南亚，宴以备料三日的华丽台菜，与自家酿酒。

因此外婆购物，是头家娘式气派。日常采购，多以家近的芦洲中山市场为基地，鱼肉水果挑月历似的，饱硕漂亮的上货，量多交代一声，让商家送到家里。但凡节庆或宴客，外婆仍亲身回到大稻埕与永乐市场。

大稻埕百年以来一直是南北货及高档食材集散地，过去许多办桌师傅亦聚此处，人才与食材一筐打尽。对此我妈亦迷信，宴客所需的华丽食材，鲍参翅肚蚕头竹笙、椴木香菇和日本干贝、甜汤用的雪蛤，及奶白油润的宜兰砂仁花生，都专趋来买。母女二人自有信任的老铺，和一套精明选物标准。

身为孙辈里第一个孩子，外婆去哪都带上我，以海量食物溺爱孙女，而我回报她白白胖胖及念念不忘。

我与我妈，叠印外婆脚步，加以近年发现的店铺，组织成老派购物路线。水边时光慢，老城区迪化街的旧建筑，那些杨德昌电影《青梅竹马》里，夜行车灯抚亮的街屋立面华饰，近年修复后原质再现，吸引潮流店铺和观光人潮。但只要老铺犹在，民生气息仍厚，就不至于弄得太面目全非。我们以老铺为基础，三代记忆为经纬，有凭有据地走跳此区。

到永乐市场及迪化街，我们惯从延平北路三十六巷进出，此隧道般的入口，过去左右各据一家糖铺，今仅存一家"永泰食品行"，售各色老派零食。外婆嗜甜，买甘纳豆，和我喜欢的蛋酥花生，是花生裹上鸡蛋面糊再油炸而成，非常脆口。如与妈妈去，则买蚕豆瓜子等咸零嘴。

穿出隧道右转，喝民乐街的凉茶。我们购物，未必记得商号名字，全凭位置或人脸辨识。譬如民乐街的两家青草店老铺"滋生"与"姚德和"，过往门面装修得一模一样，通常认其中有位老太太掌店的那家。理由是她发苍苍，肤质却婴孩般绵白细致，怎么教人不迷信该号凉茶有排毒神效。近几年老太太退休，经询问，才确定是五十三号的滋生青草店。

迪化街中药老铺恁多，并极富商誉。我是八〇后，中药少用，但若要得上好香料香包、胡椒肉桂，则往妈妈指名的"生记药行"。在生记拆药仔，过程即疗愈经验。相较有些铺子，装修太堂皇招呼太激动，生记的人与布置，都简净雍穆。仅问一枚炖肉卤包，师傅仍逐一打开药柜木抽，取材料以砝码现秤。不似满街骑楼下成货，光照潮湿难免质变。药材在纸面上配妥，倒进棉布袋里扎好，眨眼间，纸张便封成包裹。

在迪化街买南北货在于逛，且眼色要好。因为各有所长，一家买完所有食材几乎不可能。倒是可以先排除一些在门前大量堆放蜜饯坚果和乌鱼子的店家。其果干颜色愈艳，愈不可信。此区老字号，多少有些骄傲自矜，上货不会曝展在外，经过询问，店家才从冰柜取出那些未经漂白的天然竹笙、燕窝花胶，兼说明食材来历。顾客识货而店家识人，外婆妈妈都长得富态贵气，有问有答。我这种菜鸟若单独去，被忽略也是时常有的。

至于糕饼。如面龟、糕润、咸光饼和椪饼，可往延平北路上的"龙月堂糕饼铺"或"十字轩"。龙月堂创店与我外婆生辰同是一九三二年，我收藏这种只有自己知道的联系，每回买饼，便默数店家岁月，为之由衷祝福。

龙月堂的绿豆糕和盐梅糕这类小姐点心，制得极细，以印着红字的油纸包装，内有六枚绿豆糕，每片仅指甲大小，化口沙碎精致非常。将绿豆糕放舌尖，再抿口茶，就在口中化成一团芬芳的烟雾。

椪饼是中空饼，饼底有薄糖膏，是杏仁茶或面茶这类热甜汤的搭档，买了就得小心携带，因为破缺的椪饼，看来格外使人伤心。十字轩旁的"加福起士蛋糕"，卖得最好自然是招牌的起酥皮蛋糕，但其实椪饼也烘得特薄，把饼拆碎，冲一碗花生汤或杏仁茶，深冬里取暖。

这些店家，亦常态性供应咸光饼和收涎饼。这类

老派少女购物路线　　037

中间有个圆洞,可以穿红线绑在婴儿脖颈上的饼,在台北市已少见。但话说回来,买饼容易,现世要生个孩子来收涎,才是真难。

大小女生同行,认真购物,还包含吃喝。此区米面,有永乐市场周围数家米苔目,油葱虾米汤头清鲜,一碗粉白韭绿,外婆很喜欢。妈妈则多往安西街的老店"卖面炎仔"吃切仔米粉,切烧肉或猪肝。

此外,外婆与妈妈都对归绥街上的"意面王"本店,根深蒂固喜爱。虽说意面王的干面、馄饨和切菜不错,但我疑心她二人的关键从不在面,在于饭后的那碟刨冰。意面王在家族的口述历史中,开业时便是糖水专业,后来才卖起面,因此在面店点冰品其实内行,若能一字不差地点名如同通关密码的"红麦布牛"四字,更能展现出一股熟客的洗练。"红麦布牛"是综合浇料的缩写,指红豆、麦角、布丁、牛乳(炼乳)。麦角和布丁这两种浇料,是我个人判断糖水店的标准。采煮得甜糯润滑的麦角,而非心韧且带药气的薏仁；采柔软味浓的鸡蛋布丁，而非大品牌的胶冻布丁，那是店家骨气与基础审美。

行经大稻埕许多年，在百年建筑群里穿梭，老铺里吃饭，买儿时食物。将自己藏匿于飞速时代里的皱褶缝隙，以为可以瞒过时间，但事与愿违。

没忘记今日来，是为妈妈买润饼皮。

进永乐市场一楼早市，抵"林良号"。圆脸爽朗的阿姨和兄长，接手父亲手艺制润饼皮，近九十年。林良号制饼，是古老节奏与时光之诗。手掌着湿面团，在烘台上抹出一张丝白薄饼，再足尖点地似的飞甩几下，使其均厚。待由湿至干，徒手将之数百数千地揭起。饼极薄而透光，重叠成分分秒秒时时刻刻，时间的具体证据。默默在侧观看，不久心里若干尘埃，都暂时缓缓地降下。

问阿姨买一小摞饼，她手里忙，仍亲切待我。以闽南语谈上几句，言及外婆和妈妈。聊天后来，她温柔小小声地问:"恁阿嬷阁伫咧无？人有好无？"*善意纯粹,然而揭开怀旧对话底下,我最黑深无底的空荒。

"无伫咧啊。"†

外婆走了十年,以为会陪我许久的妈妈,刻下也正在分秒转身。恍惚间她们松手,长长的百年的大街上,四顾仅余我一人。

---

* 闽南语,意为:你外婆还在吗？身体好吗？
† 闽南语,意为:不在了啊。

本地妇女的芦洲笔记

老家在五股与芦洲的界上，属五股的一块边角地。全里不及五百户，地小人稀，至今连家超商都无，就更没有药局、食摊等其他了。里民大多彼此认识，追究起来，多少有点亲戚关系。本里仅两家老杂货店，其一是七十多年的红砖房屋，儿时被差去购物，老掌柜是我外公旧识，计量还用提秤和算盘。

半城乡的边界生活反差大。静悄乡里，入夜街上无人，但窗户对面，即是芦洲新区万家的灯火。边界生活所需，如上菜场、小吃、买支眉笔……只需越过一条排水沟去芦洲，计两百三十步。因此现要给大家讲讲本地，讲的是我家对面的芦洲。

外地人平素无事，很难专程来芦洲。此为常民领域，居住生活的场所，不似一个旅游目的地。

除了少数硬核的旅行者，许多人旅游，向往的是远方，是以从俗务忙迫中抽身，短暂做一个新的人，留下几张鲜丽的照片。因此尽量去大城胜景，尝驰名小吃，否则起码要有一树盛开的什么花，衬于身后，网上社交。因此台北人岛内旅行，去台南，去花东，或外岛。外地人来台北，逛西门町信义区，去潮流食肆排个队。游人时间多有限，城缘区域如芦洲，和许多其他城镇，就这么屡屡错过。

错过了也不见得可惜，然而我的经验里，有些地方，不在意料之内，反而深刻。有些在离家不远处，但因为久违或陌生，仿佛闯入异国。

一回会议结束，经三峡。见路边容易停车，便信步晃进老街。傍晚，扰攘的小贩撤去如卸妆，狼狗时光里，长街无人，古街屋华丽的凿痕，寸寸没入阴影，轮廓寂美而尊贵。又一回，中和的华新街。满骑楼喝茶的大叔,以云南话聊天,虾酱和蒜酥的气味,空中悬浮。市场内有一二摊车,齐备东南亚菜系常用的香草。那些香叶异草,在台北市,走遍十处市场也买不齐。

人趋中年,愈发觉得旅行的兴味,发生于心境调转,或在于望穿表里的眼色,这些家园中的异国,朴素的生活场域,层次复杂,反而好玩。因此我这个常常在本地活动的妇人,要来写下一些芦洲记忆,和日常发现的好处,供外地人参考,或能得一丝旅行心境。

其一·寺庙

若来芦洲,建议上午到,人多热闹,食物丰好。乘捷运,到三民高中站一号出口,沿标示或手机里的地图步行,很容易能找到得胜街上的涌莲寺。这儿是老芦洲的中心,宗教中心,市场中心,人潮之所向。

芦洲古名鹭洲、河上洲、和尚洲。地名几转,都留下洲字,足见从前是河滨多水之地。涌莲寺在本地地位崇隆,不止灵验,还因为位居高处,发大水时比较不淹，商业活动挨着繁茂起来。涌莲寺主祀观音佛祖，自浙江舟山群岛来，当年因台风，漂流到台北渡船头（如今淡水），落地现址，有近两百年。翻修数回，旧貌已不得见，目前版本在一九八○年代翻修，建物巍峨，气势很大。

侧看寺庙，有人看的是古迹工艺，但若在涌莲寺，可看的是人间烟火、庸常生活。

各地都有以庙宇为城镇发展的起点，庙前聚市的结构。可涌莲寺不是一般的香火鼎盛，寺前的中山市场，非是一般的大。芦洲现今的人口，更不只一般的多。因此从涌莲寺的高台俯瞰周遭，包含庙前广场，四方辐射出去的市集范围，包含许多被铁皮遮盖的街巷。白天早市，晚上夜市，汽车开不进，满区是人，商贩叫卖声隆隆四起。

入寺的本地人络绎不绝，非大节的普通日子，供桌上仍摆满七八成，供品许多只是小件糖饼，或三两橘子，猜想是买菜经过，庙里走走如串串门子。寺门外，有人两手挂满提袋，也遥遥合十致意。庙的内外，洋溢着一股热烘烘、暖洋洋、蓬勃的人间朝气。

而人间朝气,非人多即得,在交通尖峰时的信义区路口,乃至捷运车厢,人亦颇多,但看上去是上班族的深倦与阑珊。倘若气场有颜色,那是团团鼠灰色。

数代人入同一庙,缘分必深。我家三代妇女,都倚赖涌莲寺,外婆以闽语称之"大庙"。儿时生病,外婆到大庙分一点平安水喂我。当年的新手我妈,觉得让儿童喝符水不甚文明,为此跟外婆斗过嘴。我妈不知道,女儿长大竟成信女,每回入寺,必在门口大饮两杯平安水,自我感觉心强体健。

我妈与大庙,则在于安太岁的仪式。每年春节前,她去排队,代表全家安好太岁。我年过三十的头几年,二舅妈跟我妈去大庙,还会劝她,加码帮女儿点一盏姻缘灯。我妈老派,但婚嫁议题,倒一向不落俗套。她说女儿在家很好,不必忙着嫁。姻缘灯几年都没点上,直到妈妈过世,我的姻缘,始终是自己处置。

不能确定仪式对逝者有益,但是对于我这样的遗族,仪式十分有效。母后至今,家里按老规矩安太岁,倚赖的是涌莲寺每年寄来的通知单。粉红色纸单上，有家人名字、生辰和生肖，载明谁遇正冲，谁遇偏冲；建议安太岁的人数，和点灯的类型，按表操课完成，心头笃定，安然度过太岁年份。

家人远行，大庙恒在。我周周来买菜，入寺有时烧香，依序从一楼拜到三楼，更多时候，仅双手合十心中默念。每回必在门口喝水，时常借用洗手间，当它是一处生活地标，很寻常亲切。涌莲寺后殿的懋德宫，供奉国姓爷郑成功，天井开敞。此殿有一面铜铸壁画，是"郑成功荷兰受降图"，壁画前，浅檐下，整齐搁几条长凳，我与许多人一样，喜欢在此稍坐，受袅袅香烟的熏染，享天井入来的日光与雨水。

芦洲在十八世纪末，就有来自福建泉州的同安人移民，开发早，寺庙多。本地以李姓和陈姓为大宗，在本区庙宇，若稍微一读墙上捐献名单，李姓是压倒性大宗。因此除了涌莲寺，本地重要宫庙，还有在成功路上的保和宫，保和宫原本是李氏家庙。"保"字是保生大帝，"和"字取自和尚洲的旧名。

保生大帝是同安人要紧的传统信仰，其建筑是清代至今的木结构，工艺精美，属于市定古迹。目前正在考究地重修，暂不得进入。愿意的人，可以捐砖瓦，几百几千的小金额亦能捐，寄望其片片累叠，成为古迹的一部分。

其二·饼铺

涌莲寺附近的"龙凤堂饼铺"，是本地名铺。制饼用料扎实，店家接待也诚恳温和，生意一向很盛。我五股老家的土地公庙，每年祭祀用的饼龟，皆由龙凤堂承制。一只六斤的饼龟，大约由五十片咖喱酥组合而成，豆馅浓，肉角干香，是全家挚爱。曾有一年，主事者悄悄把饼龟委由其他饼铺制作，成本稍降，不料里民一吃即知，客诉没完，此后没人敢再悄悄换饼。

来龙凤堂买饼，偶会遇到老头家娘。她肤白细细，发丝银亮如云朵的光边，那是一种古典的头家娘气质，人和气，又精明洗练，观前顾后的。今年大年初九天公生，我与亲戚去买饼，见到为节日特制的海绵蛋糕，红纸杯里胖乎乎、蓬松松。头家娘经过，见我盯着蛋糕发呆，拎一颗塞我手里，她说："今日透早才打的（面糊），请你。好吃再买。"有时候买多一些，头家娘经过，结账时又少算几个铜板。

在外不免遇到商家高冷粗鲁，或诵经般重复强调店规，不听也不讲人话之事。头家娘的招呼，自然温暖，倒也不是什么服务，纯是一人对另一人的细微体察，这类旧派人的体贴厚道，原本是咱台湾人的强项。

另，邓丽君小时候居住的眷村老家，就邻近龙凤堂，原地已经改建为簇新大楼。打电话到龙凤堂订饼时，有一细节，是话筒里会传来邓丽君演唱的《甜蜜蜜》，饼甜蜜蜜，心思亦若是。

其三·切仔面

来芦洲，找一家切仔面吃吧，这儿是发源地。

过去有外地朋友，说起切仔面，嫌汤头寡淡，不知有什么值得吃。会这么说，我猜想是一直没吃成像样的面，喝成好汤，或吃到很Q的切肉。以上情况，来芦洲试过以后，不少人就此改观。

芦洲的切仔面铺之多，是全台之最，竞争之下，手艺普遍高。关于切仔面，拙文《吃面的兆头》另外写过，我想，在此若再谈点其他什么，不如谈营业时间吧。

本地众多面铺中，我迷信其中一种，是仅从早上营业到下午三四点，不售晚餐的那一种。这是切仔面原始的营业方式。试举几家铺名，如"大庙口""大象"，和远一点的"和尚洲""郑记猪母""阿三"，甚至过桥到五股，凌云路上的"阿胜"也是。这类面店，档头通常不设冰箱，当天早晨的温体黑猪肉及猪下水，浸熟，搁在层架，客人点单才切片，在汤里涮几下即起，即是北部风格的黑白切。切肉售完，差不多就打烊了。熟肉未曾冰过，嚼来甜而弹性。若进过冰箱，就柴一点。一种更次的，是老早将肉切成一堆等着，到了晚上，敏感的人吃它，能尝出冰箱的霜气。

切仔面的面汤是魂。芦洲甚至有家面铺,店名直接就叫"固汤头"。汤头有大骨的浑厚,猪肉的鲜味,猪油和油葱的喷香。白头师傅话起从前,学成后自立门户,每日仍端一碗汤去给师父尝过,以保汤不走味。在地吃面的人甚多,肉浸得多,汤头就数倍醇鲜,因此芦洲的面较外地好,很大程度,也是由于地方众人的热爱与投入。

警世的故事也有。本地原一驰名面店,换手经营以后,菜单项目扩张了几倍,东卖西卖,成一间小餐厅似的。黑白切的数量锐减,汤头就明显薄了。稀汤寡水的切仔面,瞒不过本地老江湖,不久,生意也就渐渐静了下去。

芦洲老区凉水两味

台湾这二三十年，街边兴盛的饮料类型，是手摇茶。现今虽没什么手真的在摇它，卖的也不只是茶，但摇是个概念。青少年叫这样的饮料"摇摇"，呼朋引伴时，问："喝摇摇吗？"摇摇风行海外。除了日本近两年迷起珍珠奶茶，如今的港澳街边、曼谷商场、新马各地也流行起来了，可见不少人热衷。

摇摇在欧洲，十年前还罕见，偶遇一铺，如见家乡。一回在柏林卡迪威（KaDeWe）百货公司附近，见一年轻亚洲男生，穿薄T恤短裤、夹脚拖鞋，单手以拇指和食指，捏住透明塑胶杯。杯缘绷一面塑胶薄膜，宽口吸管，笔直刺穿过去。那夹扣杯口的手势，松软无拘的面态，那杯饮中带嚼的饮料，不必认，就知道是台湾人。彼时我已两年没回家，瞬时场景回到一个可能是芦洲新庄永和，可能彰化员林或云林斗六的，某家乡热闹市镇街道，看着发怔起来。

即使手摇饮料在本土普遍，还是有嗜喝它的，和为数不少的，几乎不太喝的人。

我从小少喝市售甜饮料，非是自律，而是妈妈不准。但我妈自己在家制造饮料。小学的夏天，老惠而浦冰箱门上，随时备洛神花茶、冬瓜茶、蜂蜜水、冰豆浆，有时候同时数种，以回收的光泉牛奶瓶装成排，放在小朋友伸手能及的高度。

大学时，手摇饮料盛行已久，偶尔我喝一些。外出念书，当时英国这类饮料很少，若有，也挺贵。本来就喝得不多，逐渐就作罢。平时在外除了饮水，尽量找古老选项来喝，如甘蔗汁、青草茶、杨桃汁、酸梅汤或鲜打果汁。这类单纯把草本或植物原料弄出汁液，腌渍，或熬出味道的本土饮品，是生在亚洲，尤其亚热带地区的福慧。

在芦洲，涌莲寺周边的旧市区是百年市集。上午是生鲜市场，黄昏后有夜市，所涉很广。如今翳热天候无尽延长，暑燥无边。我上午来此买菜，若走到渴，除了饮用涌莲寺提供的平安水，也找下文几家老字号饮料来喝。这些店铺，本地售卖资历有四五十年，比我年长得多。

至于喝哪项？要听从身体的意愿。

若喝甘蔗汁，常是因为市场久逛，又烈日当空，血糖低落恹恹欲睡，一杯蔗汁立即提振精神，脑清眼亮起来。甘蔗汁摊，在大众爷庙转角旁。摊贩无地址，无名号，只售甘蔗汁一项，原位伫立数十年。

蔗汁基本之极，仅蔗去压汁。甘蔗是炼糖原料，本身甜，糖可免；它且多汁，水也不必放。照理每摊弄出来应相似。偏偏也不是这样。

此摊蔗汁，原料用红蔗而非白蔗。红蔗是能直接吃的。小时候，外婆常买整包削好皮的甘蔗来吃。家族老人小孩并肩而坐,啃食甘蔗,于齿间碾紧,吮汁,乐呵呵吐出一碗渣来。是一种满足口欲又难以过量摄取的,粗爽朴素的消遣。电影《风柜来的人》闪过一个连情节也算不上的画面,主角们在市场卖卡带,随手和小贩买根甘蔗,边走边啃。见那一幕,就知道社会已很不同。现在若突然想啃甘蔗,特别去找也未必能得。时间是蹑步之贼,是如此将一个许多人啃甘蔗的社会,置换成甘蔗难寻的社会。

红蔗的皮,红紫泛黑,将皮削去才能榨汁,以免汁液黑浊坏了卖相。白蔗是青皮,可连皮去榨不变色,且甜味更高,但纤维太粗硬,不直接吃。

此摊蔗汁,老板一家从洗甘蔗到削皮,都亲自弄,不由盘商处理。甘蔗根根过眼,晾至极干才榨汁。甘蔗营养但易腐,且皮上多尘。一旦连皮榨汁,蔗肉的霉烂和表皮的清洁皆难顾及。因此有些人讲究起来,尽挑红蔗汁喝,不饮白蔗。

此摊只售一味甘蔗汁。冬天偶尔卖热的。夏天的冰蔗汁,则用冷冻甘蔗去榨。热天里甘蔗易败坏,故摊家强调冷链。要求买了速喝，或立即冷藏。摊头有套陈旧而神奇的冷却系统。榨汁机接两个水龙头。平常冰冻甘蔗榨汁，从其中一个龙头，直入亚克力桶。桶心的冷冻内胆一开机，即长保蔗汁冻凉。若客欲"去冰"，摊商备少量常温甘蔗，榨汁后，从另一龙头去接，泾渭分明。

倘若上火，或多取肥腻食物，则饮凉茶。中央路一带，中山市场边上，从前有数家青草茶，现存两家，"怪老子"凉茶，以及宏记参药行门口的凉茶。

怪老子叫怪老子，因为几步之遥，有家国术馆叫"二牙"。都是金光布袋戏中的人物。而怪老子和二牙总是相偕出现。

怪老子本人已退休，女儿接手。"怪老子"是我们去得最频的凉茶铺。原因除了口味，还有风格。若现饮，它仍用玻璃杯盛装。常客站着喝，用毕杯子搁台面即走，颇利落。凉茶这种几口用完的饮料，不必耗上一套纸杯胶盖盛装，但台湾的凉茶铺，今已不太用公杯，港澳和曼谷反而多。曼谷"恳记双葫芦凉茶"

是百年老号，用印有自家商标的厚玻璃杯；澳门"大声公凉茶"，玻璃杯上覆不锈钢杯盖隔尘。咱芦洲"怪老子"，玻璃杯手洗干净，用小型家用烘碗机烘干水痕。常洗常烘，我几次拿到杯子还有余温，老板取用时，举到眼前转转，确定没有水痕。

"怪老子"早年所用的药草，是怪老子亲自在芦洲本地采集而来。那些地方，现已立满昂贵楼房，一点看不出来芦洲在不远之前，曾青绿无边。有远山，水泽，和药草。

芦洲中山市场的建筑物，近期即将拆除。"怪老子"也面临搬迁。不知搬迁以后，怪老子和二牙，还是否长伴左右。我在喝这类古老饮料时，心里明白，大势所趋，未来可能无人愿从事采草熬茶，或削甘蔗的苦劳。唯能在每次购买时，珍惜眼前。

居家隔离式吃饭

二〇二〇年新年始,新冠肺炎疫情蔓延全球。疫病冲击社会,世界秩序重置,未来就算好过来,也要留疤。

眼下台湾的疫情控制得宜,大众仅分担暂时的生活不便,但不算有迫近的存亡要胁。一个普通百姓,不是富商贵胄,灾损有限,只需稍微离断网路喧哗,好好洗手,吃饭睡觉,按鲁迅告诉家人的:"管自己生活",将之静静度过去,就算是大难不死。

疫中,居家隔离成为一种状态,外地返台的人要自我隔离观察,好些机构开始让雇员在家工作。隔离中，三餐都在家吃饭，总要有点办法。

我离开办公室，在家工作已有几年。除学校兼课，多数时间接案工作。家在郊区，邻近无市场，传统的和超级的都没有，原本即常态性居家隔离。保持在家囤粮，料理自己和家人的饮食，有零星心得，记于此，或可供疫中生活参考。

我原来一周至少上传统市场一回，疫中频率相同，只稍微收敛平时随遇随买的任性，对琳琅货色，起了分别心。

叶菜类不易久存，减买。改买耐储放的蔬菜，一旦须隔离，两周内不会烂腐的西洋芹、番茄可买；常温可储存的瓜果，南瓜、冬瓜放在墙边；菇类备一点；白菜和高丽菜（卷心菜）各一颗，且遇缺必补。白菜和高丽菜都密实，以容积换算成可变化的菜色，实非常经济。并常备红白萝卜、洋葱等根茎类，无论凉拌菜、炖菜、熬汤皆用。

到地方农会买土鸡蛋，二三十只蛋装成一箱，存冰箱里。鸡蛋各种好，能烧无数菜色。疫情期间，美国人突然抢购起小鸡，如意算盘就是自家产蛋，也算远虑，有蛋一切好说。

肉吃得不多，故在传统市场买黑猪肉，贵一些，将肉丝、绞肉、排骨分装，平摆冷冻。台湾的虱目鱼、鲭鱼味道好，算是永续鱼种，也存一点。

干粮。除了米须常备，最好能备豆子。此事古有明鉴，郑和下西洋的船队，船上就孵芽菜，还带上石磨，将黄豆磨成豆浆，添盐卤做成豆腐。

东、西方干面，各备一种。

东方干面，用台南关庙面，购自迪化街"胜丰食品行"。此铺位置，是迪化街上最早商店，房屋格外低矮，手绘的绿豆粉丝招牌，颜料色泽大褪，但美术字写得好看，值得留意。在此买关庙面，品项齐全，从面线细到缎带宽度，尺寸多种。我偏爱细面，关庙面含盐，特别弹，熟得快。给自己拌碗面，烧水开始，同时在大碗里搁油、酱油或盐，酌量下醋。面熟入碗拌了，同锅烫把青菜，要不了十分钟就上桌。较任何外送迅捷，也较一切过度包装的市售干拌面经济。

居家隔离式吃饭

西方干面，自是意大利面。家里固定备几包意大利产的石臼研磨意大利面。表面粗糙，能衔酱汁。搭配意大利面的酱汁，要费时去熬，像肉酱面这样的也有，有时材料简单到只将蒜片、辣椒，以油一煸，落熟面兜匀即好吃。

又备在来米粉和中筋面粉各一袋，米粉加水能炊粿，面粉加水能摊饼。

一切预备，无非为了日常生活中，乃至不巧必须居家隔离，能吃上起码的真实食物，不必凑合太多加工食品。

在家工作的职业妇女毫不悠闲。故我一次做菜，会备两餐分量，是给自己带便当的概念，只是不必然装在便当盒子里。工作中段需要用餐，饭菜一瞬即得，实行几年，从单人生活到两人共食，都深感明智。

首先熬些肉汤，冰存备用。

市场买鸡，请肉贩代为去骨，加购两副鸡架子、几个鸡爪。鸡肉烧成主菜，骨头则飞水后熬成鸡汤。有时也用排骨，大骨、软排、子排混买，熬起来汤头醇厚，且有一点肉吃。老实熬汤，室内都是香暖的蒸气，一种家里有人的气味。

肉汤冷藏可存几天，也能冷冻。肉汤为基础，加笋片、蛤蜊，得笋汤；加许多蒜、白胡椒粒和香料，成潮式白汤肉骨茶；将大量番茄、洋葱、高丽菜和意大利式干香料一起炖软，即得蔬菜汤。两片面包兼着蔬菜汤吃，就很饱人。

肉汤里能投的东西太多了，加冬瓜，加萝卜，打蛋花，煮杂菜面，做火锅汤底，加馄饨汤圆丸饺。汤是救星。

此外还渍点菜。大把蓬松蔬菜，渍完缩成一碗，是计较冰箱空间的心得。将青江菜或小松菜盐渍，水分挤干，密封在冰箱搁几天，就成雪菜。肉丝打水，薄腌白酱油、绍酒、太白粉，与雪菜同炒，作为汤面或干面的浇头，素简和隽。

春季，夫家表弟媳，教我腌莴苣笋。莴笋去厚皮，盐腌半个钟，去涩水，可做凉菜。口感脆爽，泽如玉石，带有莴苣清香。若嗜辣，另取小锅，加热两勺白芝麻油，煸一点花椒、蒜片、辣椒片，出香熄火，将香料油倒进已入味的莴笋。

一次料理蔬菜，可吃上两天的例子太多。秋葵、玉米笋、花菜、芦笋、四季豆、茄子……盐水烫熟，一半当下吃，蘸点酱，另一半存冰箱。隔日爆香蒜片，冷蔬菜入锅，以蒜油兜热。

春夏是筊白笋产季。一回爸爸去埔里办事，带回一批当日鲜采的筊白笋，农民交代，带皮水煮十分钟可食。离土未久的蔬菜，还精灵有神，如同鲜笋片刻不应耽误，夜深了，仍立刻煮起来，沥水摊凉，即刻冰存。做两回吃完。

冷食筊白笋，切片蘸姜汁酱油吃，极甜，两三分钟就备妥，几乎是速食。余下的又冰两日，煎肋眼牛排时，将筊白笋对剖，铺进锅中，以余油烙出焦痕，作为配菜，更甜。

汤熬上，又渍了菜，再来是煮饭。

家里虽有电子饭煲，但我更常在火上煮饭。用厚底厚壁又带盖子的锅即可，比如我妈妈的砂锅。压力锅也可以，图它合金底厚，蓄热效果好。不上压力盖，改用玻璃盖，便于观察。铸铁锅能成，玻璃锅也没问题。依照饭量和心情决定，毋需迷信杂志上这土锅那土锅的。饭好吃，大致是米的缘故，得好米，技术又可以，就得好饭，锅能加分，不能化腐朽为神奇。

米洗数趟至水清，浸水二三十分钟。彻底沥干倾入锅，我家吃弹牙分明的米饭，故米一杯水一杯，不能更多。软饭，水就多点。上盖，大火。水沸腾时，蒸气开始喷出锅外，此时将炉火校至最微，续煮十至十四分钟。若用土锅或铸铁锅，观察蒸气消弱，声音静下来，饭香流泻即熄火，过程诗意。玻璃锅更容易，目视水分蒸干，米粒发亮即止。接下来任何人拿刀架着脖子，也不掀盖，焖二十分钟。

明火煲饭，特别有荒野求生之感。不用电力和机械，而将饭煮得更好，费时更短，粒粒皆亮，老辈人其实都会（从前人还烧柴呢，那是另外的境界了），咱是米文化养出来的人，我以为在直火上将生米煮成熟饭，是一生受用的技能，最好连儿童都尽早学会。

一次最少煲两合米，煮出四碗饭，我家吃得少，可分五碗。米量太寡，饭容易烧干，不如多煮。当餐用量外的剩饭，分装冷冻备用。

接下来，就是大同电锅的事了。本地家户，可以无烤箱，无微波炉，无气炸锅，但电锅总是有的。

若前一天家里做了炖菜，如咖喱、红烧肉，或冬瓜蒸肉饼这种绞肉菜，放到隔天，风味就更融合些。午餐时刻，以电锅复热炖菜和冷冻米饭。另取小锅，将汤煮滚。同时间，将凉菜取出盛碟。不到一刻钟，两菜一汤即得。

中午加热饭菜的轻盈时刻，我时常回想从前上班族的时光。

同事们相约午餐，往往全员未齐，等来等去人已饿穿。上班族的午休，其实比什么都贵，那是一日之中，少数不被薪金买断的时间，是资本体系中的夹缝求存，不经意中蚀掉许多。居家工作者独自午餐，难免怀念可爱同侪间的笑闹，但不怀念当时的用餐品质。

一场大疫若能迫使太平盛世中的娇人，重新面对生活基本技能，也算祸福相倚，实用的预习。人实在渺小，须尽量自强。煮饭即自强，喂饱自己照顾他人，以应人生万变，一直一直来。

人间菜场

妈妈病后，我开始负责全家餐饭，须频繁到传统市场采买。母后，搬出老家独居，张罗自己饮食，也每周上传统市场。超市少去，因为购物是一回事，难戒是人情。

超市从南到北都差不多，传统市场则乡音浓重。

摊档陈列的货色，反映居民来处。我也会去南门市场买点扎蹄，买点"合兴糕团店"特别细致的枣泥寿桃，再至熟食铺打包青椒镶肉和雪菜百页；去中和华新街这带市场，买绿咖喱用的大小圆茄、香茅南姜及各色丛林咖喱用的香草，事毕，在街上喝奶茶吃豆泥烤饼。

但人与市场，到底要有点血缘亲密。我这闽南家族长大的北部台妹，一个自小吃许多卤肉、白斩鸡及油饭的女子，南门市场的火瞳金华火腿和扁尖笋虽好，一年煲个一两次吧；虽时常一两个月就被华新街的缅甸烤饼召唤，仍有太多香草不识使用、不懂得买。深知有些市场是偶尔去的，有些则一天到晚去。

最好的市场，是买得最熟、知根知底的那一座。市场里须有卖豆粕咸冬瓜的什货铺，有中药行，有卖青草茶甘蔗汁这种古老饮料。可以闽南语指认蔬菜，且其中要有我妈和外婆惯去的商家。

我若上午买菜，最常去在芦洲涌莲寺旁的中山市场，和台北市永乐市场；傍晚则去芦洲中华街的黄昏市场。

芦洲涌莲寺是香火鼎盛的百年大庙，庙前聚商，同一街区，清晨是早市，傍晚后则是夜市。如果从天鸟瞰，能见以大庙为基地，四周数百公尺辐射出去的商圈，早晚热腾，人间烟火。

我仅拇指姑娘那般大时，外婆就携我上市场。她购物以外，不忘喂食肥白的外孙女。外婆与我一块吃庙前的切仔面、米苔目，在饼铺"龙凤堂"买麻糍。老铺如今都在，生意依旧兴隆，拇指姑娘只要依样画葫芦地去购物吃面，便不觉时光残酷。

　　逢祖先做祭或大节，外婆常去一水果摊采购。是兼售青森苹果、日本柿干草莓的高端果铺。日后妈妈携我经过，会谨慎告诫，该铺物美但昂贵，咱们跟外婆这种头家娘不同，必须问价才能购买，否则任意一指，称出来的价，心里承受不了。因此偶尔经过，就买三五连枝的玉荷包，一把玉女番茄，费点小钱，便算上一家三代共经此处。

　　永乐市场在外婆娘家附近，它是一个适合入门的尺度，面积很小，但足够老。小在只占建筑物的一层楼，水果二三摊，鱼鲜肉类各二三摊，菜三摊，润饼皮两摊，驰名油饭和包子铺各一。若不细逛，五分钟就走遍了。食材和价格，以大台北区域来看皆是中上，但不至于摆得精品似的，也不至于一把菠菜卖个一百六这种价。永乐之精巧，使我这样一个四体不勤的城里人，提着婴儿等重的南瓜、高丽菜和全鸡，不至在百千摊贩中走乏，指节勒得发抖，回家后给萝卜削皮都累，索性放弃做饭。

老在这是一座百年市场。润饼皮如"林良号"是八十多年老铺，第一代从场外市场开始卖，今在室内有固定摊位，第二代的丽玉阿姨持续擦饼皮，儿子是第三代，在摊上兼卖润饼卷。其润饼卷是北部风格，润饼菜汁水多，且以咖喱粉染成黄色，备有浒苔，花生粉里含糖较少。与我奶奶的版本相似。

另一摊"建翔蔬菜批发"也有资历，承传四代人。货色很是丰盛，以麻布袋、木箱和竹篮布置，伦敦波罗市集似的陈设，店也起了个洋名，Uncle Ray Vegetable。过年前几天特别忙，此摊会全家三代上场，五六个人分工合作，可见规模。普遍的高丽菜花椰菜以外，冬笋荸荠莴笋栗子样样不缺，蛤蛎鸡蛋豆干也备一点。一摊买齐所需蔬菜，品质整齐甚少出错，十分省心。

亦和"千金鸡鸭鹅肉"买鸡。摊主大名就叫张千金。千金的熟菜也好,我有时向她买半只熏花枝(墨鱼)或卤猪脚。拜拜所需三牲,预先和千金交代,她且会顺便帮我炸一尾黄鱼,一摊打包两牲。

如此买鸡顺道炸鱼的事,还有"永乐庄",一间什粮行。油盐酱醋堆上天花板,瓶身贴纸水平垂直对花成连续图案,安迪·沃霍尔金宝汤罐头版画似的。店主是一阿嬷,她称货扫尘,老在张罗什么。不曾见她摆个小电视在那儿傻看,或手指于电话上拨来滑去。永乐庄的蒜头晒得最干,老姜表面无一粒尘土。一回买桃花麸时,留意角落备有数叠金纸和几把香,深感店家着实太懂。我在母后才开始学着祭祀,由于天性脱线,大节前夕忙过头,通常清晨才想起没买金纸,直想掐死自己。对于准备周到的小店特别感激。

物质以外,传统市场对我这种八〇后女子的帮助,许多是抽象的。

妈妈离世后，专注祭祀有助于分散哀痛。礼仪公司皆能代备鲜花素果三牲十二菜碗。但如要选妈妈喜欢的花材，自己练习焖白斩鸡、煎鱼、炸三层肉，弄些我妈爱吃的，将先人当成真人款待又贴合礼俗，食材准备起来就比较麻烦。

殡俗中的食材宜忌，常与闽南语双关，为的是讨口彩。如豆干做大官、肉丸中状元一类，包含一切古代社会对功成名就的僵固想象。但祭祀对象是我那相当爱听吉祥话的妈妈，我决定全部买单照办，不与之辩论。实际执行起来，禁忌的项目才是多如牛毛。

比如水果成串的不能拜，因憾事不能成串而来，所以妈妈喜欢的荔枝龙眼葡萄统统不能出现。比如豆子可以是荷兰豆四季豆甘纳豆，但长豆竟不能，因长豆象征长寿，事已至此，妄谈长寿。

为备料，上芦洲中华街上的黄昏市场买肉，一说用于三牲，"蔡家肉铺"不由分说收回我自己挑的薄肉，重切一片一两半、皮肉均美的厚片猪腩，免我于不敬。

卖玉米鸡的阿嬷，会顺道交代三牲的鱼头与鸡头要反向放。买完鸡,邻摊卖观音山绿竹笋,想起妈妈从前爱吃笋,决定也买一点。不料卖鸡大婶瞧见,从店里冲出来,她说:"笋子袂使拜那款代志!"*卖笋阿姨闻言,吓得立刻站起来:"袂使拜,你毋通买。"†

接着二人一左一右勾住我,交代了五分钟拜拜须知。结账时,卖鸡阿嬷用拇指和食指环住我的手腕,说:"汝遮尔少年,手骨遮尔幼,一定袂晓剁鸡,明仔载拜好,拿返来我帮你剁。"‡

其实我会剁鸡的。但哎呀,怎么眼前起了雾。

---

* 闽南语,意为:笋不能用在拜拜那种事情!
† 闽南语,意为:不能用来拜拜,你不要买。
‡ 闽南语,意为:你这么年轻,手骨这么细嫩,一定不会剁鸡,明天拜拜完,拿回来我帮你剁。

花莲光复市场一隅

黄有信师傅的黄铜冰勺

母亲的刀与砧板

用继承自母亲的砂锅煲饭

辑二

粥面粉饭

吃面的兆头

与男子往来一段时日,多约在台北城内的咖啡馆和戏院。好感若干,是否生情还说不定,但总之止于礼。这日他说,想到我家附近,看看我常提及的寺庙与市场。

"你来。一起到寺里拜拜,拜完去吃面。"我说。虽说彼此手都没拖过,相约在乡里拜拜吃面,已是交浅言深。

寺是涌莲寺,面是切仔面。

老家在观音山下,与芦洲隔一条数十公尺短桥。生活买办,多去芦洲。切仔面在芦洲有百年历史,是成行成市的行当。百年涌莲寺周边半径一里内，数来十多家切仔面铺，远些，连长荣路一带也算进来，有二三十。

年长一点的朋友，说起往昔台北城，街头巷尾常有切仔面，如今少了。我想朋友若来芦洲一探，就不必叹息。切仔面在此地全是旺铺，用餐时刻人潮腾腾，毫无颓态。

切仔面伴我三十多年，感情纵深复杂，家族成员各有心得。但鲜少与朋友一起，恐显得太过亲熟随便。请客吃饭，与人应酬，还是上体面一点的馆子去。

切仔面是家常小吃，勿过分隆重地看待，比较自得。芦洲周边许多家店，仅有少数翻修过，其他难免有点草草不工。地面有溢溅的油汤，桌椅未必成对，美耐皿盘边的花纹都磨糊了。油汤生意忙，公私场域难分。店家的小朋友，在角落摊了一桌子作业和玩具，家长手里拣地瓜叶，一面投入乡土剧里互吐毒句或扇人巴掌的情节。

本地人吃切仔面，是数十年地吃下来。熟铺公休，附近再挑一间即可。众店之中，最老的近百年，年轻一点的，也有三十好几。质素皆颇可以，各有强项。面有粗细之差，汤有清浊之别，有切肉甜的，或内脏特别嫩的。面店可以当作家庭吃饭的延伸，食材一点也不显赫，调味简净得近乎原始，然而经过仔细的处置。通常价格还非常廉宜。

因此约人去吃切仔面，意思近乎于，家里随便坐坐，吃个便饭。如今人们在社群媒体上，轻易积累数百上千位朋友，不小心就信以为真。实则心里一筛，即知误会。能随便一起吃碗面的对象，百千之中，实没有几位。

长年吃面，同伴有消有长，儿时是整个家族一起去，长大后，一个人去得多。如今加上眼前这位男子，就有两人。两人吃切仔面，总是比一个人好。此说非是基于感性，是讲实情。世上许多面都适合独食，但说到切仔面，人数愈伙，就愈好吃。

从前我家吃面，偌大阵仗，一家三代数辆车同行。外公是白手起家的商人，模样清瘦，聪明有神。外公饮食挑剔，比如他每年夏天，酿一年份的荔枝酒和蛇酒，仅供自酌。比如他吃粥，粒米不进，只喝顶层的米汤，闽南语说"泔"（ám）。因此家里熬粥，米落得多，才能熬足泔，供外公晨起喝上两碗。用潮流话讲，外公很不好搞。外公晚年跌坏了脚，此后只能短程走路，因此外公想吃面，晚辈们速去驾车，一家人浩浩荡荡陪着他去。

外公中意"大庙口切仔面"。

此铺在得胜街尾。老街至此收窄，你若见店招抢眼、铺面宽阔的"添丁切仔面"，再往里走，即达大庙口。大庙口店矮堂深，装修基本没有，是芦洲现存最老面铺之一。草创时无店面，扁担就摆在涌莲寺口，故名大庙口，至今有八十年。一眼望去，店里老汉极多。至今仍无纸单可画，熟客头也不抬就点菜，坐下便吃。

大庙口清晨开门，下午收档。循旧社会的道德，切菜不放隔夜，当天未用尽的肉汤，打烊前全数倾掉，隔日从头再来。一切准备，只为今天。

天未亮即熬汤，面汤是规模经济。深锅入清水，水沸起，其他铺子多放大骨，大庙口更煨浸以巨量的猪肉。三层肉为主，兼有嘴边肉和肝连。大块肉在清水里煠，肉成之时，汤已深浓。入口鲜滋滋油汪汪，清香腴美。愈近打烊时分，汤头愈呈乳白色。

大肉起锅，搁凉备妥。店东周先生工作时跂着木屐，营业期间里外忙碌，他连续切肉、漉面，木屐咔咔作响，自成音乐。难得空当坐下，手里还忙给猪皮拣清残毛。大庙口的肉类和下水，皆是接单后才快刀切片，汤里汆数秒即起，保其甜脆。附近店家也有为了求快，将肉片早早切成堆待用，风味因此差一截。说句言重的，此肉若本来有魂，魂都飞了。决定鲜肉何时起落，封存其神采，是经验幻化的魔术，凝结时间的手艺，简白而精深。

我们一家进店，坐店堂深处两张大圆桌，长辈一桌，孙辈一桌。二十人同时点菜，七嘴八舌先各要一碗粉面。在切仔面店，没人纯吃面，都切小菜。因此老板娘必然接着问："切啥？"我们静下来，待外公发话，势如降旨。

"拢切来。"外公说。

拢切来，意即店里的所有切菜全部要一份。那是盛宴，猪的盛宴。

肉有三层肉、瘦肉、嘴边肉、猪皮、脆骨。内脏有猪心、猪肝、猪肺、猪舌、肝连、大肠、生肠。一猪到底。连烫盘地瓜叶，都浇上猪油葱。猪肉全是白煮，材料一坏就无从遮掩，先得经过面铺的挑选，才拿来售卖。在本地切仔面的江湖，选熟成超过一年的温体黑猪，不采养不足白猪或冻肉，是基本通识，无可拿来说嘴。

伦敦有间迷人的圣约翰餐厅（St. John），菜做得精彩。主厨韩德森（Fergus Henderson）先生的食谱书《从鼻子吃到尾巴》（*Nose to Tail Eating*），被许多人奉为经典。主因是战后物资渐丰的英国民众，净挑清肉来吃，大量抛弃牲畜其他可食部位。韩以为："既然杀生，应物尽其用，以示尊敬。"因此他的料理多用内脏、骨髓、野禽和怪鱼。此论在当代西方听来新颖，在东方不足为奇，咱是日日实践。内脏料理在台湾的切仔面铺，更是一字排开，淋漓尽致。

人多，切菜就丰富，瘦的腴的滑的脆的皆得。蘸大庙口独门豆酱，以粗味噌、豆瓣、辣椒制成，是日据时期遗风，稠浓清甘。猪肝刚断生，带粉色，润滑夹脆。肝连环一圈薄筋，慢慢嚼，能嚼出韵。大庙口的三层肉可说是芦洲最好，每桌点上。仅是焓熟的一清二白猪肉，竟那样甜。瘦肉也可试，如此不柴，如此收敛而精细。

至今仍记得，不同家人吃切仔面的偏好。比如外公光是喝汤，并不吃面；我妈不喜油面，点米粉或粿条；比如阿姨拒吃内脏，但我妈吃。

妈妈爱吃猪下水，不完全因为味美，有她私人的根据。比如她说猪肺藏污，极难处置。为了外婆从前一道老菜"凤梨炒猪肺"，少女妈妈和阿姨蹲在门外，取水管接猪肺管，流水不断冲洗四个钟，不时挤压，使黑水尽释，整副猪肺，从黑洗到白为止。中年后不必再洗，眉毛也不抬一下，就能有一盘猪肺来吃，是以奖励从前过劳的少女。

猪肺有一种海绵胶感，满是孔隙和软骨，有嚼头但乏味，我自小不爱吃。此外也不吃猪肝，觉得腥气。妈妈劝，说女孩多吃猪肝，有助补血。我不为所动。但仍把她说过的事折叠收妥。妈妈三年前过世，我长痛不愈。母后去切仔面铺，自动吃起了猪肝和猪肺。补血补气以形补形。自己照顾自己。

外公外婆仙去多年。晚辈今能自由选择，各自拥戴不同的面铺。我和阿姨仍爱去"大庙口"，有时换吃"大象"或"和尚洲"。小舅吃"阿荣"或"鸭霸"，我弟弟吃"周乌猪"。周乌猪为外婆从前的心头好，据说亦是切仔面的发源店，如今已翻修得非常气势。儿时跟外婆去市场，常绕去吃。面好，生意极盛，故地板亦油成一种境界。站着不滑倒，还能坐下好好地吃成面，已很了得。

一人吃面的日子多了，建立出全新秩序，比如学会吃粉面，佐黑白切。

　　芦洲古名鹭洲，是在清代舆图中，如谜的台北湖底一块时隐时现的湿地，白鹭鸶成群起飞的烟水迷蒙沙洲。为北台湾的早期开发聚落。据日据时期统计，彼时九成住民，都是自淡水河登岸，祖籍福建的同安乡人。故切仔面中的面，是嫩黄色福建油面。制面时加碱水，出厂已烫熟，拌食油防沾黏。熟面在滚水里迅速漉过即可食。"切"字是动态，是声音，也是工具。闽南语发音为"摵"(tshik)。长柄的面篓子叫"面摵仔"，从前以竹片编制，现在多改用金属。竹编摵仔易生霉，但扣出面来，形状甚优美。摵仔在沸水里边漉边摔出声，起锅费劲甩干水分，吭一声倒扣在瓷碗里。浅黄面条，编织成椭圆山形。热汤浇上，一碗雾气氤氲的微山水。

　　这种黄碱面在南洋也吃，叫福建面，汤的炒的皆有，风格很多。其中一种汤面，虾汤为底，浮着汪汪的红油。有段时间常去新加坡，当地吃福建面，见一老汉点一种"粉面",半油面半米粉,两项夹着吃,柔里带韧,一吃就喜欢。回家乡吃切仔面,虽然每家面铺的菜单上未必都有粉面,但几乎都是一听就明白。

本地切仔面店面种不复杂,熟客点菜时并不说"来一碗切仔面",而说"面一碗,汤的",或"粿仔,焦的"。我试着这么说:"粉面一碗,汤的。"能得,同时交换一记"您内行"的职人余光。

黑白切,在此指的是一盘之中,拼两种肉,计一份肉的价,专供单独用餐的食客,是店家的体贴。我自小胃口养大了,一人吃切仔面时备感受困,切了东就得放弃西。不甘心专吃一种肉,就点黑白切。一人点一盘三层肉和猪肝双拼,粉面一碗,青菜一份。营养俱足,心头滋润。一百出头,是常民式澎湃。

长辈的公子是本地人,在芦洲吃喝习惯,一回进市中心吃切仔面,年轻人胃口好,如常要了饭面各一碗,肉切数种,豆腐青菜各来一份,埋单时竟费四百,抬头一看,一盘切肉要八十。心里暗惊,痛处又不好说，只能咬牙付账。我听了也觉得可怜，很能同情。

年过三十的单身女子，若貌似无忧无虑，旁人就开始比你着急。安排好的相亲不叫相亲，说法是"去交个朋友"。我既是挑剔外公的长孙女，自知秉性，不会妄想真能交上什么朋友。若有心愿，求一位吃面的同伴就不错了。

见了其中几人。

其中一位男士，带我到专售鹅肉的店，却只要了一碗面，两人以细碗分食。此外全店的鹅肉、鹅下水、鹅头、鹅屁股，这位哥全数略过不点，最后点了生鱼片，上桌时鱼仍含霜。

另一挑了意大利面铺。培根鸡蛋面（Carbonara）遭廉价鲜奶油灭顶，惨白一片。对方倒吃得很香。家教使我保持微笑，把面吃了。心里想，也就这么一次。

凭借吃面，看清彼此的参差，有我趋吉避凶的直觉，和频繁进出本地寺庙，可能的庇荫。总之见识过不少感情成灾的事,是从生活里的碎石细沙开始崩塌的。事先有兆,不必自欺欺人。

话说回来,早先那位约我一起吃面的男人,后来如何?

是这样。我俩现在还一起吃切仔面,三天两头去。不吃面的时候,就在家吃饭。最初的拜拜吃面之约,事后看来,可谓是吉兆。终得吃面和生活的同伴,谢天谢地,真不容易。

米苔目两种

芦洲涌莲寺口，一摊车甚眼熟，可是我也只能猜，猜它就是儿时吃的米苔目冰。半晌时间感错乱，这都已经过去三十年。

小学以前的多数时光，我与外婆在一起。

外婆清晨上阳明山运动，我跟着去。外婆进城，逛远东百货买蜜粉唇膏，也跟。外婆定期上大市场采买，当然带上我。她单手扛巨量生鲜，另一手拎着白胖孙女。对当年的肥胖女童来说，去市场意味着被人群压扁与撞击，不很情愿，有我的难处。禽肉海鲜区尤其噩梦，地面污臭湿滑，觉得随时要摔倒。我自学闭气（后来学游水，很能闭气，即市场里练的），牵紧我阿嬷，保持足底平衡小心通过。我自小性格坚忍，不哭不闹，知道熬过此区就有礼物。

礼物是采购完毕后，祖孙俩的吃喝。

在芦洲，当然吃本地强项，切仔面和米苔目。两者共通之处，都配黑白切，甚少单食米面。切仔面是个大题目，另文叙说。外婆且热爱米苔目，因此切仔面及米苔目，我算是吃得很多。米苔目这种从福建流传到台湾的老食物，如今在台湾北部，也不是想吃就能得，尽量得往比较资深的聚落去找，如大稻埕、艋舺，或芦洲涌莲寺前的这个百年街市。

涌莲寺在得胜街，祭拜过后出寺门，望左走大约一百公尺，见一店门口有人排队，蒸气腾腾，就是本地驰名的米苔目店。

此店无店名，招牌小，手工油漆字横写"米苔目"大字，字已褪色。小店没几张桌子，经常客满并桌。若要堂食，江湖规矩是在门口候着，待一位面无表情的姐安排你，切勿自己闯。一切售卖项目，以影印纸贴在墙上。墙上只写米苔目,没说有汤的与干的两种。落座,不要嚷嚷不需举手,姐忙完别桌就过来,一切她心里有数,莫乱她节奏。唯一主食只有米苔目,人人叫上一碗,没特别交代,就来汤的,若要干米苔目,必须强调。

粉面之中,米苔目的样子特别气质,雪白细腻莹莹反光。得胜街的米苔目是极简版本,不搁肉燥。清汤中浮着白色米苔目,祖母绿韭菜,翠青色芹菜末,一把蓬松新鲜的油葱酥,头光脸净那般好看。干米苔目,全无厚酱,以碎虾米混一点油葱酥,点猪油,即很香,滋味非常利落。本地人内行者,点干的吃。胃口大者,连尽两碗后拿着空碗,到炉台前要求加汤,一碗两得。

每桌且叫上黑白切,此店切菜很好,甚至比附近几家制量大的切仔面店来得新鲜,肉烫起来,不置冰柜,反正未及中午,多数售罄,届时问生肠没生肠,问肝连没肝连,到时候外场大姐说还剩下什么,吃就是了。

汤底以浸肉的鲜汤与虾米同熬,鲜腴而爽,气味干净得几乎古典。我以为当代台北,什么天外飞来的食物不能得?竟是一碗当日制出当日售完,无事隔夜的粉面,难得得像是苛求来的。

米苔目是在来米制,中性,清净而无油气,制成冰品也常有。故要说回涌莲寺前的那摊车。

摊主是一位老妇人,如今我一点都认不得她的相貌,及她旧斗笠顶上一块塑胶布补丁。仅隐约记得摊车位置在庙口,及摊上坑坑凹凹的白铁方形冰桶。当时毕竟小,视线在低处,倒是清楚记得外婆给我买冰的几个动态。

通常外婆问:"呷冰无?"答:"好。"接着外婆喊喊喳喳地向摊主交代,不多久就从车上递下一杯保利龙装米苔目冰。

一面走动,跟紧外婆怕跟丢,一面忙吃。冰在糖浆里瞬间就化水,不时吮一口融冰,才不会走着走着晃出来。且记得把冰递回给外婆,她也吃上几口。外婆患糖尿病，在家吃甜食，老被家人高度关怀，我妈也限制小孩吃糖，因此这种含糖时刻是祖孙俩放风的乐趣，彼此掩护是为溺爱。

儿时的米苔目时光，都与我外婆一道。长大生出了自己的偏好，多年不吃，兼排斥一切粗面。面吃细面，吃粉就选米粉米线。米苔目这白胖的粉食，跟粗米粉被我归成同一路，觉得味道寡淡。现在回头去找米苔目，怀念的仍不是味道，而是童年。

时间是冰，不吭不响融化，如今是成人视角。我外婆没有了，面前这位卖冰的阿婆，目测也不小于七十岁，问她在此售卖多少年，答四十七年。是同一位。

今日暑气大，阿婆甚忙，前头排队的夫妇，买七大袋冰给一家三代吃。阿婆的白铁车不插电，以冰桶存放粗绞的冰碎，舀动时沙沙发响。附近制冰厂摩托车经过，少年伙计唰的一声在冰桶里倒入新冰，旋即扬长而去。如此数趟，彼此不必交谈。

自制的米苔目，在案上堆成小山。配料只有红豆、绿豆、粉圆,用不成套的不锈钢锅装,比家庭规模略大一点,吃起来也像家庭风味。

她揪一把米苔目落碗底,浇一勺甜绿豆,碎冰堆成满满一碗,最后将琥珀色糖水从顶上浇下来,堆高的冰,哗一声矮下去。

见我久等,阿婆将案上最后一小把米苔目留给我,常客经过,摆手说无了无了,才上午十一点。她身后张支大伞,零星摆几张塑胶椅,可坐下吃。

米苔目原料是籼米,遇冷比起热食更有嚼感,闽南语说 Q。米香虽有,而其实淡。若糖浆味重,或配料花样太多,米味就掩掉了。此处米苔目冰,只加一种豆,一勺糖水,碎冰本身无味。绿豆是炖得很透,亦不太甜。冰以粗冰,齿间哗哗咬碎。吃来吃去,就是米味,绿豆沙味,很解暑,一切简单,也似乎只宜简单。网路时代,生活里尽是隆隆废气,吃成一碗直截的凉水,觉得竟很不容易。像一个专注澄明的念想,同样的不容易。

粥事

伴侣刚及五十岁,是中年人了。他身长一米八五,清瘦,行路无声,远远走来像一堵薄墙。

我见过许多瘦子,饭没少吃,就是不长肉,多是消化问题。果然就是。初结识,他说自己肠胃弱,喜欢吃粥。他平常不开伙,但若外食太频,周末在家,自己煲一锅白粥吃。养养胃,也清味蕾。

单身男子的粥简单。日本制电子锅,选定熬粥行程,米水齐入,按键即成。电锅熬就的粥,粥水稀淡,与粥米上下分层,比起明火粥,较乏香气。冰箱常备海苔酱、脆瓜和红油笋丝罐头,小菜不出三种。如此吃粥，稍嫌简单，但我仍挺佩服他一个人住，还有熬粥的兴致。

同样独居，我几乎天天开伙，煎鱼炒菜，吃饭吃面，有时候花工夫烤蛋糕。唯白粥，从前都是与家人一起吃的，若独自一人，我不懂得吃粥。

近年我记时记事，一概以我妈在世与否前后推算。因此上回吃粥时，我妈还在。

妈妈在时，很少吃粥。因为难得，回想吃粥时刻，皆很清晰。妈妈不常熬粥，主因是她自己不怎么吃。一来从前常吃，怕了，二是认为送粥酱菜营养不良。外婆以前说我妈"客婆无爱呷糜"（客家女不爱吃粥），将她分类为饮食上的异族，实则我们家是福佬人，没有客家人。"客婆无爱呷糜"这句话，使我自小以为客家人完全不吃粥。稍大一点，才知讹传。

外婆倒是每天清晨煲粥。家里的粥是福建式稠粥，称"糜"，路数近潮州粥，不同于广东粥那样煲到绵滑不见米，糜中仍见粒粒米花。若在炉上煲，武火烧水起大泡,将浸水的米入煲。任其在水里翻成小浪,米粒爆腰。转文火,水面始终暗滚,不时搅拌,免其黐底。不多久,粥水熬出胶。熄火加盖,焖半个钟。

再掀盖,米花已发透、松绵而形状完整。糜的上层,浮着乳白色米汤,为"洰"。洰香气清正,非常养人。若遇天冷,洰的表面风干出一层薄米皮,吸啜的时候沾在唇上,很是香美。

这种糜,是以碗就口,以筷子拨着吃的。手曲成弓形,拇指勾碗缘,食指撑在碗足,脸凑近,先啜一口洰,再食粥米。长辈喂婴儿吃糜时,将糜舀在匙尖上,送入小口前,脸凑近,头轻摇,来回吹凉。吃糜时候,人垂眉敛目,神态最温柔松软。

外公吃糜有少爷习气。他不食米,只喝洰。一人多喝两碗洰,整锅糜就干了。余下沉底的米糊,就是外婆吃的。这种不太流动的稠粥,闽南语称为"洘头糜"。我听来,总觉得发音像"苦头糜"。但外婆不以为苦,战时大家都穷,生活好转后,她宁可吃扎扎实实的洘头糜,避喝不饱人的洰糜仔。贫穷是暗喻,在粥碗里浮沉。

送粥小菜，多是咸鲜之物，潮州人叫"杂咸"，音同闽南语，家里长辈也这么讲。我家常见的杂咸，有瓜仔肉、烧麻油姜丝小卷、咸蚬、荫豉煨豆腐，也有罐头面筋、荫瓜、腐乳一类小菜，多是这些软糊的、酱深的、渍色的食物。

妈妈见老人吃粥，觉得太不营养。她决心做新派家长，尽量不给自己小孩吃粥，或者凡要吃粥，就精心备菜。

晨起吃粥的一辈人渐成遗老，取而代之的是洋食物，火腿、吐司面包、果酱、鲜乳、鲜榨橙汁、煎太阳蛋……广告一样清爽明亮。要过许多年后，人们才发现好些火腿不太含肉；好些面包，掺了说不清的粉，或由于成本的克扣，包入了贼心。若食滥造的面包，未必强过白粥一碗。

我家的吃粥时刻，多在孱弱时候。

我出生后六个月，便自行断奶。母乳不喝，凡以奶粉炮制的乳汁，入口就呕掉。胖娃娃忽然瘦下来，我妈急，设法让我喝点米汤。以牛肉炖汤，隔去浮油，和糙米鸡蛋一起熬成软粥。胡萝卜、菠菜熬到透熟，弄碎，棉布隔渣，再熬成粥。人母精致的拼搏，全在红红绿绿的米汤里。用心稠密，我喝了强壮起来，之后没再瘦过。

或强台来袭。停电，一屋灯火瞬灭，风扇呜呜地慢转至静止。水道淤积，狂雨从落地窗缝入侵室内，漫淹一地。全家拿畚斗逆着水舀，再往屋外倒，倒出去的永远不及涌入的，全家一夜无眠。

天逐渐亮，台风眼穿越陆地的几个钟头，狂风中歇。鸽灰色天地，隐约有匪气的安静。由于疲累，家人在沙发上歪斜躺着。此时妈妈进厨房，将冰箱里能用的食物清出来，开始熬粥。

断电时，仍有旧型炉连烤瓦斯炉可点火。妈妈熬上一锅粥，若台风持续，便连吃两餐。冷冻室里翻出鲕仔鱼，以薄薄麻油煸酥，撒白胡椒粉。地瓜叶烫至梗子软，滤水。在大碗里下猪油、蒜末、盐，就着余热拌匀。菜脯（萝卜干）洗过几趟去盐，切末，和鸡蛋打匀。镬底多点油烧滚，蛋汁入锅，滋一声煎出泡来。菜脯蛋稍煎出焦痕时最香。

冰箱里，通常攒着皮蛋。若恰有豆腐、肉松，可凑一盘。浇酱油膏撒葱花，就有皮蛋豆腐。另备酱菜数碟。常有的是脆瓜、腐乳、玉笋、咸酥花生、土豆面筋。仅四人吃粥，小菜摆开来，竟八至十种。

空气仍潮湿，我们以旧浴巾破T恤抵着门缝，止住进水。电力尚未恢复，一屋黝黯，悄悄的，真空似的。真空的时间拉得老长，全家默默吃着久违的清糜，温热暖和干净，一层层浸润了身体。

落难时，妈妈倒镇定，以食物平定惊惧。这份坚强心智和临危不乱的本事，应是袭自外婆。

老家一带地势低洼。八〇年代以前，汛期淹水是出名的，剧烈时淹掉一层楼。据说外婆会先将小孩抱上邻居的茅草屋顶，让他们抓紧木脊梁。哪怕是泥砖房子被大水冲垮，茅草屋顶仍会在水上漂浮一阵子，是救命恩物。

溺毙的猪，斩成数大件，取大锅，以酱油炖熟以保鲜。天灾当下，家人倒是连续几天吃上大肉，较平日丰盛。

后来村落迁移，疏洪道和抽水站建成，老家自此不再淹水。但妈妈全家，仍很爱聊台风淹水的旧事，我自小听了数百遍，熟如亲眼见过。其中他们最叨叨不忘的，除了漂浮的茅草屋顶、美军的援粮，就是外婆卤的那锅肉多香。

后来再逢剧变，非是天灾而是人祸。我妈病了。

妈妈和外婆神似，圆脸圆身，笑起来弯弯细眼。用村人的话说，是同糕模仔印出来的。所以我从来很安心，想我妈老了，大概就像外婆。外婆到老都精神，顶着发廊吹的蓬松黑发，抹茜色唇膏。身上有资生堂蜂蜜香皂和蜜丝佛陀蜜粉的香味。她携着孙女我进城购物。年年买给我元宵的灯笼、端午的锦囊香包。她进厨房，就炒出世上最香润的米粉。

可是我妈没见过自己六七十岁的样子，后来的事她全不知道了。生前，她几年也不会感冒一次，竟说垮就垮了。

糜是最初与最后的食物。化疗病人口淡，我妈吃肉时闻见生铁味，蔬菜入口就发苦。勉强吃得下的，多是比较咸的食物。最虚弱时，只能喝点粥，即使"客婆无爱呷糜"的妈妈，在最后时光，也吃糜，佐些自小熟悉的杂咸。

为我妈煮粥，比照她的规格，菜色要多。

我妈妈喜欢粥里有地瓜，不刨丝，要块状的。粥里放了红、黄两种地瓜，颜色好看；大稻埕买"唯丰"的海苔肉松和花生米；市场买来赤鯮，鱼皮拭得极干，薄抹面粉下锅干煎，皮就不破；九层塔蛋要采红梗子的九层塔，以黑麻油煎。这些都是我妈教过的菜。

但有个久违的菜，我自己想念，并猜我妈也是，即咸冬瓜蒸肉饼，简称冬瓜肉。我只吃过外婆版本，妈妈自己不太做。理由是后来买不到像样的咸冬瓜，说是腌得不够咸，有的甚至腌糖，走味的咸冬瓜吃了难过，不如不吃。

向大舅妈说起冬瓜肉。舅妈立刻拿一罐她娘家古法腌的咸冬瓜赠我,味道纯正。按照舅妈口述,我试着复制了冬瓜肉。若得理想的咸冬瓜,这菜倒容易做。这是我家里一道还魂菜,每回吃它,都穿越时空,如见旧人。

咸冬瓜剁碎,与绞肉和匀。可下淡酱油少许,必须很少。猪肉若有杂味,磨点姜泥或蒜泥,至多一个刀尖的分量,太多就夺味。拌好的绞肉放深碗里,压实成饼状。下清水没过肉。要待蒸锅里的水大滚了才入锅,蒸半个钟头。肉饼蒸出来,清水化成琥珀色的肉汤,油圈像发亮的小金币一样点点浮在汤汁上,极为咸鲜,比直接吃肉还香。

一桌齐备,到房里请妈妈吃饭。

我妈坐下。梭视满桌菜色,愣了愣。接着啜一口冬瓜肉的汤汁,她眯细眼睛,好一会儿才发话。

"这些,你怎么会?"我妈问。

"学你的。"女儿答。

冬日甜粥

三访澳门。完全绕开赌场,径往老城区,寻一些当地传统食物。酒店早饭亦不订,在街边小吃。其中特别好的一餐,是下环的"牛记油器"。

下环街市周边,是常民领域,与景区有一定距离。粤语"街市",指传统市场。下环街市是室内市场,围绕街市四周的窄街有点坡度,茶餐厅、烧腊店、面包铺、五金行比邻而立。街上流动摊贩多,售鲜花、糕饼、报纸、拖鞋,供应市民生活。

牛记油器在下环街上,门牌不显,容易过而不见,问路后,一位女士直接领我们走到门口。广东人讲

"油器"，泛指一切油炸食品，其中有我们熟悉的，如油炸鬼（即油条）、煎堆（即芝麻球），还有炸糖环、牛脷酥、豆沙角等点心。

油器店兼制多款糕粿，米面食的各种变化型，如发糕、面龟、茶粿等食品。在台湾我们叫面龟的通红馒头，这儿顶上装饰一朵立体白面花，叫"喜包"。此外印象深刻的，还有鸡屎藤粿。质地是草仔粿那样的糯米团，颜色墨绿近乎黑，名字一点不香，却是清热化痰的益草。

牛记油器售粥品和肠粉，常客很多，未必买炸物，倒是人人点生滚粥或肠粉。我们是唯二游客，感到一切新鲜。蒸台边转了一圈，最后要了鱼片粥、虾米肠粉、萝卜糕。一桌到齐，才意识到全是米食，是一套纯米早餐。

牛记的肠粉是布拉肠粉，即叫即蒸。蒸盘是浅方形铁抽屉，底面铺棉纱布，布面浇上米浆，再搁佐料，如干虾米或叉烧碎，蒸熟。出笼整个连绵布一起倒扣台面，用刀一寸寸将粉皮从布面剔下来，推卷成形。

布拉肠粉比直接用铁盘蒸出的手拉肠粉，更纤薄易破，滑腻化口。制作肠粉的食材平常，手艺则精细。

萝卜糕也是蒸的。切成红砖尺寸厚方块，浇上芝麻酱，碟边再放黑色海鲜酱和辣椒酱。在台湾，这样极简的萝卜糕和肠粉很少。台式萝卜糕重油葱香菇虾米香气，喜澎湃料多，质地也比较扎实。这萝卜糕里，无腊肠，也无香菇，一切浓鲜配料皆不放。整块白糕晃颠颠，质地绵，筷子夹起易碎，故店家提供汤匙。入口温软，满口籼米和白萝卜干净的甜气。

纯米的香气是最浅的香气，只比空气略雾一层。不艳不抢，白纸一张，隐约有幼纹。在牛记油器吃了多种米食，竟使我傻了半晌，落入怀旧洞，召唤出诸多米食记忆。

最好是白粥

台北盆地冬季湿冷，人自然想找点热汤吃。可是不愿意吃麻辣锅、牛肉面那样的油汤，又不愿意吃日式拉面这样的异国味道。而想一些浓稠的、软乎乎的、清香的，最好是从小就吃熟的食物。

比如白粥。

家常白粥，以蓬莱米（广东粥多用粳米）浸水。我惯以瓦煲，猛火将白米滚至爆腰，转文火熬，不时搅拌以免黐底。米熟熄火，加盖焖半个钟头即得。不必煲到广东粥那样的绵化。炉边看顾，费时也不过二十来分钟。见米汤噗噗冒泡，其间煎只荷包蛋，备妥酱菜，嗅它香气，屋子也就逐渐暖起来。

我家吃粥，有一小朋友食俗，头碗粥先下白糖拌融，作甜粥吃。第二碗以后，才以菜送粥，做正餐吃。甜粥原是外婆拐小孩吃饭的噱头。我长大后便戒了。我弟弟倒至今还这样吃的。

一个熟龄女子在冬日，若喝甜粥，比白粥加糖更佳的版本，则是米糕糜。

甜米糕与米糕糜

我以为米糕糜,是甜米糕的解构,是米糕的基础元素重组,成新形式。

先说米糕。儿时随外婆进城拜"恩主公"(行天宫),祭品中必有甜米糕。浓糖浆拌糯米,扣成掌心大小半圆形,顶部含一枚带壳龙眼干,覆以红印玻璃纸。吃它时,压碎桂圆,挑走果肉上的碎壳,以门牙剔出果肉来,和糯米一起碾嚼,米糕甜糯,果干烟韧,口感丰富,是天才的组合。只是糯米一冰就硬,常温防腐的老方法之一,即大量用糖,因此这种米糕甜极,回想起来牙床都发麻。

米糕放两三天,外婆就入锅煎过,底面煎出焦皮,吃来更香。离开童年后,数十年没吃米糕,几乎忘了。外婆过世多年后,一回见难得入厨房的弟弟,自己在炉上煎东西,靠近一看,竟是在煎米糕。弟弟才说从小迷恋这种点心,成人后不时去买。儿时吃粥拌糖,长大不忘米糕,这男童一往情深。

恩主公的甜米糕是白色的，再吃到另一种甜米糕，是堂弟媳的回门礼。这米糕是褐色的，扁方形，基本食材雷同，额外能尝到橘饼香气，就像固态米糕糜。

米糕糜延续了糯米和桂圆的天才组合。以圆糯米熬粥，里头有膨发的桂圆干、黑糖和米酒调味。若不是自己煮，在台北，华西街夜市里的"阿猜嬷"，南机场夜市的"八栋圆仔汤"皆有售，台南大菜市里的"江水号"亦有。

糯米、桂圆、红糖、米酒，都是补气血的材料。传统上也能拿来坐月子，总之对女生好，这是古法。古法不止强身健体，它且香气弥漫，甜口甜心。女生们心里遇寒冬，冷风从裂缝窜进来时，捧一碗稠浓的、琥珀色的甜粥喝下，祛风活血补气，如同阿嬷妈妈都来照顾你。

吃粽的难处

世间许多争论是徒劳的,因成见已固。如及政治,如涉信仰,或扯到粽子。

近年每逢端午,大家就爱在粽子上斗点嘴,为了本岛南北两大派系。南部粽子,大致指生米裹熟馅,水煮而成的那种。而熟饭拌酱汁,短时间炊蒸而成的,则归北部粽。

且不说南北粽之争,无甚考虑中部和东部人的心情,亦没将本岛或离岛其他粽子列入赛事。但硬要区分南粽北粽,谁见过几个南部人说:"北部粽好,Q弹有嚼劲!"或见北部人说:"吃粽当吃南部粽,米粒软透竹叶香。"又客家人狂吃湖州粽，越籍移民耽吃原民小米粽什么的，我自己不常遇到，可能到底也不多。

人们头头是道区分粽子，猜想是摩登的辩论。也不过几十年之前，粽子这种节日食物，多是家制，而非买来的。故一个儿童，自小吃家里长辈包的粽子，不会习惯从外头买回来。晃眼中年，此人大半生吃的粽子，口味恐怕颇为局限。说到底，大家维护的，非常可能只是自家粽子的延伸类型。与其说是南北之争，不如看作门户之见。

我识得的北部粽，确实是将糯米蒸熟，拌卤汁，再与馅料一块包进粽叶里。因材料全熟，仅需一二十分钟炊热，不必长时间水煮。在许多人的非议里，北部粽它不就是枚立体油饭吗？这种话北部人听了当然不服气，此说未见粽子之复杂，可能亦低估了油饭。

油饭是将肉丝香菇等材料，逐一切成幼丝炒香，才落熟糯米拌成。古典版本也有，锅里是浸透的生糯米，炒拌后不时加水焖蒸，米熟而成。油饭材料幼细，每口饭里什么都有一点。

粽子里包大块材料,北部粽的糯米不经久煮,粒粒清楚,将有五香和油葱香气的米饭与馅料嚼在一块,逐渐脂化了,香菇出鲜味,蛋黄香栗子甜,是异里求同,嚼出兴味。

我家数代皆北部人,断奶后始吃人类食物,即吃着所谓北部粽。数十年来,下颚都记住了特定的油香和嚼感。今成顽固中年妇女,别说南部粽吃不惯,奶奶没了之后,这些年的难处是,凡买来的粽子,全部吃不惯。

粽子其实是手工艺。

各色植物树叶,以不同方式捆绑,长形、方形、三角的、编织的,有形式、结构和肌理,馅料又五花八门。既然用上密集人工,自然长出了性格。比如我奶奶的粽子,只是世间百万普通家庭的普通粽子之一,材料没有铺张,但劳力密集,世间粽子都很费事。

我家粽叶用绿色麻竹叶,刷洗待用。米采长糯米,泡水四个钟头或至隔夜,蒸熟。五花肉另锅卤起来。

吃粽的难处

咸蛋黄刷上酒，烤二三分钟定形。纽扣菇泡发、去硬柄，油里煸香再和肉一起卤透。干板栗以小镊子除去残膜，需十分耐烦，栗子泡发后还油炸，也在肉汁里煨一会。金钩虾亦过油去腥。粽子里偶放花生，亦时常跳过不放。

掌厨者捉摸着家人脾胃，捏陶似的塑一颗粽子。"家人年纪大，蛋黄少吃点吧。"遂将咸蛋黄对半分切。小孩嫌蚵干腥气，以后就不放，改多搁香菇。家人喜腴润的肉，便将五花肉炖得极为烂熟。材料多重，又藏意念，任何项目偏离厘米，最终组合都可能大幅失真。因此近年过节，家里不包粽子，只得外头买粽吃，这对我总是很困难，困难在心理落差。

其实买来的，大都是很可以的粽子，只不过永远比家中版本，多了几项或少几项。尺寸太巨的。米太黏的。菜脯过量。用胛心肉不是三层肉。不知道粽子里何必包干贝？又何必包什么莲子？一年就吃这几口糯米，犯不着改成什么养生紫米系列。

其中以粽子里无栗子，最为伤心难过。栗子甜松，粽饭柔糯，两件碾嚼在一块，心里都升起烟火。一回伴侣的母亲做了栗子炊饭，忘了有多少年，没有将栗子及米饭和在嘴里，感动得双眼都阖上。

总之粽子里少了或多了什么这类的事，像是遇了某人，与从前的恋人神似，实际交往起来，吃了闷亏似的，分分钟都在后悔。

我完全意识，这是一己之偏执，可偏执又何止在粽子。

如我这样，年纪也不算老的偏执怀旧者，与真正长辈的怀旧，有不同的质地。那很可能是以怀旧抵抗被资讯冲刷，只身立足沙河中似的，极不确实的时间错乱感。我从小吃的那种粽子，实际上已消失多年，同时佚失的还有，自家包粽子的手工艺家族，及仪式俱足的，昔年端午节场景。

从童年数来，不过二十多年前，可偏偏归到上个世纪。上个世纪的儿童，与今日儿童关键的差异，是人人掌中少了一具发光荧幕。我父系亲族一向很不会聊天，当时一家子过端午节，对话寥寥，仍傻坐成一圈，认真拆粽叶吃粽子，传递甜辣酱给彼此。饭后，在客厅看真空管电视里的龙舟赛。龙舟上两排的人，齐手摇桨，沉默而笔直地移动。室外通常燥热，门边上必插艾草和菖蒲，空气里有清爽的药气浮沉。窗型冷气隆隆震响。

费上数年才终于认了这无节可过、无粽可吃的命。觉得与其不情不愿过节，不如自己动手。与老家大伯母通电话，问清奶奶的肉粽做法。大伯母说前几年还象征性地包两斤米，约二十颗粽子。近年幼辈各自嫁娶移居，爷爷奶奶没了，家里从十多人，咚的剩两口子。粽子包得再少都吃不完，便罢了，上街去买。

隔话筒听她讲话，几乎看见，祖屋的饭厅没亮灯，一室不动声色的黑黝。一大家人终究散开去了。在各自的地方，吃着不同来处的粽子。偶尔觉得前无路后无人，明明是盛夏的节日，却过得无色无味，怅惘发凉。亦要当作成人后不时经历的挫伤，要轻轻放过，面不改色的，将之挨到隔天。

被食谱形塑
——汉声《中国米食》

做小孩时最喜爱的书,至今还读。那是一本食谱,也不止一本食谱。

书是《中国米食》,一九八三年初版,与我同年,这是现在才发现的巧合。

我家里不让幼儿看电视。晚上十点以前,家长先哄睡小孩,才打开电视机,节制地看点录影带。小学以后,家从单层小公寓,迁入透天厝,为防堵小孩偷看电视,我妈索性把电视机关进卧室,遥控器和地契一起锁在保险柜。因此我的童年,老是隔着墙壁听洋人讲话,直到模糊睡去。

少数电视回忆,一是与外婆一起看录影带,看日本巨星美空云雀唱歌。她是外婆最喜爱的歌手,声音绒厚,却含着盐粒,似眼泪风干而来。二是到隔壁叔公家,看黑白喜剧默片《劳莱与哈台》(*Laurel and Hardy*),当年让我看这些的表姨们,究竟想着什么,我不知道。但如今来看,给小孩看默片,可说是富于诗意的事。

不能看电视,但允许看书。妈妈说,我儿时不怎么哭闹,非常投入地吃与睡,若有几本书看,就原地胶住,久久不移。

这个挺喜欢读书的儿童,拥有的读物有限,至今可数。挚爱的《汉声小百科》、光复书局《科学图鉴》《画说中国历史》各一套。《世界名著之旅》是塑胶盒内嵌一本精装绘本,配两卷录音带。此外有一本《辞汇》,和每日"国语日报"。

少即是多。光是这些,就使一个小女生头也不抬,连《辞汇》也逐字逐页浸着读。

妈妈的书更少,仅拥有几本食谱,还有一套结婚时舅舅送的精装世界名著。那套世界名著，是红色布面圆背精装，在当时的中产阶级家庭，比较接近客厅装饰，不见什么人去读它。套书在电视柜的玻璃门片内，齐放成一排，与唱片和几瓶白兰地一起。但今时来看，赠书作为结婚贺礼，也是长辈人特有的生活余裕与正经八百。

识字多点，开始读妈妈的书。先读电视柜里的世界名著，或许翻译缘故，读里头的西洋人说话，总感觉有隔，除了其中几本，许多没往下看。翻找时，发现一批食谱。其中《中国米食》这本，与我很喜欢的《汉声小百科》一样，印着"汉声"两字。

《中国米食》是硬壳精装，全彩印刷。翻开时那份吃惊，至今记得。这和我的儿童读物太不同了。复杂得多，也精美得多。书里的文字，生字很少，小孩慢慢读也能读懂，像一个脾气顶好的成年人解释万物，声调清晰，明白，耐性。

多数食谱光是拍菜，逼近地、光鲜亮丽地拍，有漂亮照片，食谱也就成了。《中国米食》不只这样。

为了支持叙事，它下大功夫。

开头几页过场，是连续的极美的照片，有发光的秧苗、田与水牛、金黄稻米、瓦煲白饭。还用了一个跨页，说明"如何使用本书"。将内容栏列、资讯分层先说明一遍。

食谱中的复杂菜色，会以四到六格插画，分解动作去说明做法。这当然费事，但很有效。若按图操作，看上去很唬人的什么菠萝炒饭、广东裹蒸粽、酥炸锅巴，都能做出来。

好些图说，画成小插图，将合照中十一件年糕，或十三碗彩色碗粿，描出线稿，逐项编号。这类手法，在日本老牌生活杂志里偶会见到，功能清楚而形式优美。

这种整合图片和文字的手艺，我非常晚了才知道，是美术编辑。我且知道这门手艺，不是谁都能做好。今日有些刊物，你看版面多铺张，纳闷标题不知道在哪。

书中穿插的人物照片，也很可看。有的极有神韵，有的动态丰富，似从好的纪录片截出图来。截图是时代的脸，彼时是台湾八〇年代，各地还有一点乡气。三十多年后的今日看来，这张时代的大脸已改。有的是环境没有了，而人们不只装扮有异，吃的也不同。

好像讲红龟粿的章节，有张桃园杨梅圆醮的照片，三两男人推着木制台车前进。台车上，红龟粿堆成尖塔，有一人高，粗估几百片粿组成，盛大。别说木制台车现在少见，今天各地庙宇祭祀，糕粿不会制这么多，消耗不完。若有，每片糕必罩着一层透明塑胶袋。

又粽子一章的开场，中年妇人坐在门边包粽子，将粽串绑在门把上，门片与窗框都是木制的。户外光线穿窗而入，辉亮她的半边脸和竹叶尖。妇人敛目齐眉，无妆的面目极平坦，不兴一丝表演意图，而使人目光久伫。

如虱目鱼粥的辅图，清晨在台南广安宫前的摊车上，只有几落碗，油条，一团蒸气，没有招贴。成群

被食谱形塑　　125

熟龄男子,穿台湾式白色麻纱凉衫,坐在竹凳上喝粥。我的外公从前也穿这样的薄衫,现在已不容易看见。一代人从前来过,又走远了。

《中国米食》在设计上,在当时来看已很先锋,在今日也有精妙处。比如那厉害的封面,用二十一种世界各地的稻米,手工粘出一个大的明体"米"字,一个封面简直像刺绣出来的,不知费上几天几夜。须知八〇年代台湾,尚未使用 Photoshop 影像软体完稿。我现在算是能操作软体的人,但是若要在一个版面上,合成上千米粒,仍是惊人的细活。

全书影像的构图布局,配器美感,今日已有一种职业专门去做,叫食物造型师(Food Stylist)。当年没有头衔,但已能看出来,这个选择碗碟、陈列背景、打光摄影的人,技艺高强。

书里一帧照片,拍江米莲藕。影像满版,背景全墨,打光几乎穿透糖藕,藕的孔隙,填糯米如螺钿般反光。糖汁挂在边上,莹莹将坠而未坠。看得我牙根咬紧,嘴里甜丝丝。可我一直到成人阶段,才初尝试这种江南式的糖藕。或许图片太深刻，真糖藕入口，竟无几百回看那帧图来得悸动。

我这八〇年代的小孩，自小书念得不怎么样，高中就往职业训练的路上去，想来，路径可能老早在那里。我所向往的精良图片、清楚文字、真实食物和日常生活，它们融合在一本看上去是食谱的书里。实际它也是好的设计样本，或片段社会学的图文纪录。

《中国米食》的美术编辑和摄影，是令人尊敬的黄永松先生。我长大后读些访谈，才知道那书里绑粽子的妇女，是黄先生的母亲，刷粽叶的，是他父亲。又知道编辑团队为了此书，先去种了一年的田。书中九成食物，都是编辑团队亲手做的。汉声有费好几年深入编一本刊物的传统，诸此种种，在今日网路环境，几乎要成为神话。

小时候不知内情，光是享受着书，也感到不简单。知情之后，又被那份艺术的教养鼓舞。人被各自的童年形塑，而这本与我同龄的食谱，形塑一部分我。

家里的《中国米食》，几年前因装修打包而散失。

在意很久，才在汉声巷的门市买得简体版。除硬壳精装变软精装，繁字变简字，图片编排皆延续旧版，我摸上印刷精美的糖藕和年糕，一块童年的落砖，才这么补回来了。

冬日晨粥一景

台湾北部肉粽

芦洲得胜街上的咸米苔目

辑三

明亮的宴席

为了明日的宴席

弟弟的日本友人来访,家里设宴接待。此为妈妈生前最后的家宴。

宾客中,乃南亚沙小姐是著作等身的推理小说家,曾以《冻牙》(简体版为《冻僵的獠牙》)获直木赏。在三一一大震之后,她走访台湾地区两年,在台见闻,写成《美丽岛纪行》一书(繁体版由联经出版)。她与文化经济交流处的松井先生,是舍弟的忘年交。两人加上一位口译,相偕而来。

宴席当日,适逢选举,也非寻常日子。作家好奇选举,选举前夜,弟弟带着两位访客到造势晚会,感受本地选举激情,当天则打算到村子里的投开票所观察开票。宴席因此分成两阶段,下午众人先在家里午茶,后步行至投开票所。小村只有几百票,开票不用两个钟头。看完开票,再步行回我家晚餐。

从前家中宴席,从未记录。但当时已是妈妈最后岁月,她肉身渐枯,精神一点一点黯下去。我每天意识到日子有底,详细记下流水账。似河流滔滔中,掐住几根水草。彼时的采买与吃喝,移动轨迹,以及此宴的一点细节,因此留了下来。

但此篇所写,并非宴席当下,而是设宴前的准备。

宴席前的准备,几分相似旅行前的准备,在抵达目的地前,已然启程。整装待发时内部的心理活动,不亚于旅行现场的一切发生。

妈妈的病中生活,普通日子都扭曲变形,快乐的事就更没有了。回想起来,宴客曾是她乐于投入的事。

通常在宴会前几天,深夜里见她伏在餐桌一角写字画图。写的是菜色排序和采买清单,画的是摆盘的花样。再将纸条贴在冰箱门上。每天看几眼,有更佳方案,随时调整画记。

侧看那背影及神态,有着写作绘画似的,创作的专注。

我的妈妈是生于五〇年代,成长于六〇年代的台湾女子。囿于她的时代,女子通常被认为应当嫁人,嫁人后必须生子。若参与社会,则应谋求"正当职业"。正当职业旨不在正当,而在利于想象。故当时女子的正当职业范围根本不大,不脱公务员、教师、会计几种。此外家庭主妇仍多,但家庭主妇虽然职劳过人,却未被当成一业,是为别类。

创作是什么?我妈她不讲这个。她心里没有这个词。

这类女子,分明具备极好的素质,然因为社会的局限,和家庭的不以为意,通常从事一份与才能无关的工作。我妈去上班,除了管公司账,还管家族私账、人事及庶务。她下班,还上有老下有小。她曾每天为罹癌的外公滴鸡精;为糖尿病的外婆磨小麦草汁;她的女儿太胖，儿子挑食，丈夫事业坎坷。她基本耗完了。

我这辈人，强调自我实现，实现什么不确定，自我则永远不够多。我妈则相反。

她习插花十年，老师认定是最佳门生；她进厨房，刀功是特技程度；她将水果盘配色、编织，砌成立体装置。然而这些本事，在她的年代，皆不太算数。用家乡话说，就是"欠栽培"。因天分与志向缺乏足够伸展，我妈便在日常生活里，为我们准备华丽的早午餐或便当，偶有大型能量释放，即为宴席。

此回宴客，妈妈体力不行了，但创作花火仍盛。宴席于是由我们母女组队完成。妈妈说菜，我细细抄写。她列出清单，我出门采买。在她的床榻边，我们费几天讨论，一日搭建一点，是为集体创作。

宴席前的采买是劳力活，一处买不齐，须数地张罗。去了两处市场、一个大型卖场和内湖花市以后，我挺怀疑她以前一人骑着50CC的小绵羊机车去采买，凭借的除了才华，恐怕还有毅力、臂力及超能力。

到大稻埕，找牢靠老铺巩固信心。如归绥街"芳山行"，买品质上好的吊片、蚕头、鳊鱼；迪化街"泉通行"，买宜兰产的沙地花生；延平北路"龙月堂"买绿豆糕，"永泰食品"对面的那摊零食（已歇业），买蛋酥花生、瓜子和甘纳豆。

为炖汤，宴席前两天，到芦洲中山市场，找本产羊肉。小摊在原处，由一位老太太经营超过四十年。我妈交代我，要前一日去交代老太太，预留两斤带皮肉、两斤小排，以免时候到了，摊上缺货。再到卖甘蔗汁的摊上，买一截甘蔗头。

妈妈炖羊肉汤，膻味淡，清香滋润，不爱羊肉的人也愿意喝。食材除了羊肉，必须将甘蔗头、鲜橘子皮（而非陈皮）、拍开的姜母和葱段同锅翻炒，才添水炖汤，上盖前，汤里投几颗花椒。

甘蔗头没人要，小贩扔在地上，表面沾满尘土，一般不收费。但那天卖蔗汁的小贩，仍收了我一个铜板。妈妈一听咯咯笑起来。摊贩果真认人，若她去问，一向不拿钱。

访客来自外域，宴席可尽量展现台湾风味，和家传手路菜。中式宴席里的工夫菜色，需要泡发或久炖的菜色许多。我从小在外婆和妈妈厨房里蹭，做菜虽可以，火候毕竟差远了。有赖事前充分准备。能预先炖好的汤，炖透的肉，皆制成半成品，让我妈尝过味道，她点头，那菜就可以见人。上桌前，复热或浇芡即成。

菜色全部由妈妈指定，讲求风味层叠而丰富，浓的爽的软的脆的，咸香清甜的皆备。并展现时令材料，如新到的野生乌鱼子，和冬季产的粗芹菜管。

当日菜色是这样的：炙烧乌鱼子、上汤鲍鱼娃娃菜、辣炒吊片芹菜管、卤肉烩乌参白果、沙茶蜇头爆腰花、清炒时蔬、雪白炸花枝（浇甜醋蒜泥酱）、清炖羊肉汤、时令水果盘、台湾高山茶。

虽是晚宴，但厨房准备，是从清晨开始。蜇头前一天已流水不断泡发去盐，片薄，取掉沙子。吊片发透。猪腰除筋。蔬菜挑拣后，以盐水清烫。羊肉汤炖妥，滤杂质，稍微冻过，撇掉表面半数的浮油。卤肉烧至透酥，在腰子盘上层层铺开。我妈进到厨房里看过眼，说可以了，我这替身，也就自信起来。

一月是隆冬，这年气候异常，冷到连林口都降雪。访客抵达，先供热甜汤。

甜汤是花生仁汤，碗缘斜搁一截烘热的油条，让客人蘸着吃。花生泡发过夜，清晨开始熬煮，宜兰沙地产的花生，果仁较小，但更幼细多脂，不会硬芯。炖到汤水乳白，花生透了，才入冰糖稍滚，糖融后熄火焖着。待整锅凉透了，甜味即渗透入里，吃之前翻热即得。花生舀起来还粒粒分明，但入口就化。

茶食也布置了一桌。其中除了大稻埕的糕饼，另有几件迷你的红龟粿，是从金山订来的，仅婴儿手掌大小，长得可爱，兼富民俗意象。

乌鱼子和鲍鱼，都是可以预先摆盘的前菜。我妈进厨房，各切两片乌鱼子和鲍鱼，给我做样板。我的刀工，在同辈中算可以，在我妈眼里，恐怕只有学步车程度。但那日她倒没笑我，边切边讲。

我家做乌鱼子，皮烙出泡到出香气，内里仍溏心，最忌烘得过干，所以难切。我妈用的片刀，平常用粗陶盘底磨过,也就堪用。但正式宴客前,还是送到市场里请人磨利。刀况好,学着我妈切斜片,切一片,以湿布拭过刀面,再拭干,才切下一片。鱼子外围的酥面没碎,胶软的内部也平滑,就好看了。

客人在路上,即将抵达。室内都是流动的蒸气,灯色金黄。酒杯以软布擦亮,长辈给妈妈作嫁妆的古董餐具,一套套置好。大寒天,竟能忙出微汗。

宴席将启。我妈环顾四周,满意了。瘦凹的脸,因笑意胀圆不少。她一人施施然步出厨房,进后花园。剪一朵重瓣茶花,点缀在几上。

卤肉之家

卤肉是我家老菜,也是许多台湾家庭的家常菜色,从前天天都吃。如今一家之中,卤肉的人剩下我,倒成了难得的菜。

妈妈的娘家成员,都在家族企业工作,公司住家在左右。家族羁绊深,感情甚笃。虽不是三合院的建筑形式,但确实是三合院式的聚落式生活。每日午晚餐,由外婆掌厨,祖孙三代,数十人一起吃饭,在当代台北颇为稀罕。

外公外婆在几个舅舅家轮住,几个月搬家一次,其实也就走个几步到对门。外公外婆住在某一户，整个家族就在某舅舅家开饭。中午和傍晚，外婆做饭，热炒的香烟，铿锵的锅铲交击声响，传到走廊上，在办公室里的家人听见，便知道准备开饭。外婆拿手的菜色多，但是要选出最具代表性的一道，必是卤肉。

为家族备餐，一次要烧十多道菜，是巨量劳役。红烧的炖菜方便，所以时常出现。外婆每周卤一锅肉，连吃数天。冰箱里随时有一锅亮棕色的肉，在乳白色猪脂和汤冻中，凝成琥珀，可视为台式的油封料理。一锅肉，卤数十年，不间断也不下桌，要说我家卤肉成精，大概不算过分。

为防小孩在外头乱买胡吃，小学时的零用钱，仅足够急难时拨打公用电话。因此放学后通常很饿。成长中少女的饿，零食甜饼也不足以消灭，需要吃白饭，拌肉汁。

我到厨房去找外婆，找肉汁拌饭。卤肉通常在下午炒料，炖到傍晚。如果当天没烧新的，外婆也会特别为我用电锅加热一点。

"今仔日要食几碗？"外婆照例问我，笑中一点贼。

"两碗。"我答得很响，无愧天地。

"要搅汤无？要拌肉汁吗？"

"要！"更响。

外婆让我拿小凳子垫脚，自己去掀电饭煲，盛一碗新炊的发亮白米饭。饭上浇肉汁，肉汁油融融的，再挑两块厚实而方、颤颤的带皮卤肉，坐在饭尖上。

我家卤肉，是将肉先炒酥，才添水去卤。肉块看上去形状完整，实际已彻底炖透，筷子一拌就化，肉汁稠黏，唇上滞胶。红褐色的肉汁裹着热饭，粒粒米都油水滋润。

一面吃饭，还缠着外婆聊天，完了添第二碗，是一个真正快乐的儿童。小孩的世界真是小，聊天内容不外乎学校发生的细事，某甲作弊、某乙没来上学一类的。成人后知道，小孩说话时，大人可能感到无聊，故回想家里超级忙碌的长辈，陪着小孩聊天，除了耐性，还因为他们疼你。

卤肉的洁癖

我家对卤肉颇有洁癖。

卤肉锅里，只能有肉，其他食材如鸡蛋、豆腐、夏季观音山盛产的绿竹笋、冬季白萝卜，与卤汁同炖，皆是神仙滋味，但必须另取一锅，将肉汁分装出来熬煮。原锅里若杂有其他配料，肉就容易酸败，不易存放，汤汁中飘着豆腐碎末或是蛋白，看上去亦不像话。

外公是旧式人，每天衬衫西裤，头发一丝不紊，一辈子不怎么笑且每日饮定量的酒。他一生清瘦，大约因为偏食且食量小。家里平常的饭桌上，菜色有十多样，外公大多不碰，几乎不吃青蔬和米饭。吃水饺肉包，只吃馅子，用完面皮扁扁留在碗底，筷子一掀，人去楼空似的。

但外公吃家里的卤肉。

外公吃卤肉的风格，照样很偏。他只吃连皮带肥肉的部分，瘦肉取掉。外婆担心外公营养不良，每餐会另取一小盅，将卤肉酱汁分装出来，卤一方板豆腐、几块鲜笋,单独搁在外公手边,让他佐酒时多少吃点。

外公类似的男子,在往后的世界里逐渐少见;而我外婆那份,一面抱怨,一面舀肉汤烧豆腐的感情也是。

当年的外公身边,总是有我。我儿时白胖非常,肉乎乎看不见关节,像一截白煮猪脚。家人邻居皆曰可爱,但是在小女生模糊的自觉里,胖,大概是不漂亮的意思。于是见电视广告里,讲了"减肥"二字,就牢牢记住了。幼稚园的年纪,不明所以,也嚷着要减肥。可见传媒发散的价值观,对很幼小的女孩,即具毒性。

决定减肥的小女生,对外公吐出了违心的句子:"阿公,我要减肥,不爱吃肥肉,我跟你一组。"

不太笑的外公,闻言就笑了。外公以筷子剪下肥肉,留自己碗底,瘦肉夹进我碗里。我挨在他身边,吃着自己的瘦肉,眼巴巴盯着他的肥肉。乡谚中的"吃碗内、看碗外",也是这时候领会的。

卤肉之家

一个人不卤肉

二老皆逝。家族协议，日后各自开伙。众人从哗哗吃饭，一瞬冷落下来，卤肉的事，就忽地难得。

妈妈是长女，婚后仍是外婆长年帮手，卤肉之家的真传弟子。我妈大半生，都轰轰烈烈地吃饭，唯在我们外地念书的几年，爸时常不在，妈妈一个人吃饭，中午吃公司便当，晚上胡乱吞碗面就算数，几年下来，她一个人竟很少卤肉。

独居以后，我也就知道了，无论是外婆还是妈妈，一个人才不卤肉，卤肉都是为了众人的。

曾经在英国待过几年，起初的文化震撼中，食物最甚。那是每个人民一生平均耗掉一万八千个三明治的国家，而我来自餐餐爆炒、桌上必有卤肉的台湾家庭。冷食一段时间后，整个人像体内缺了什么器官，空洞处被英国深冬的凛风，愈吹愈扩大。

此时不可能想起别的，唯有卤肉。光是想，竟就镇静下来。打电话给妈妈，问详细，笔记，照做。

我妈妈始终学不会用视讯软体，我住处的网路信号亦坏，只能电话里讲。换成现在，想我妈很可能会买几斤肉回来，从头烧一遍，然后以手机摄录示范。如此，我也许能留有片段她做菜的身影。这当然是后话，而后话多么无用。

英国超市的猪肉腥气大，非要卤肉这种浓重的菜，才能稍微抵制其腥。当时容易买的酱油，是广东产的"珠江桥牌老抽"。米大多是印度长米或是泰国香米，若要台湾粳米的黏糯口感，要在亚洲小店买一种日本米种，英人管叫寿司米（Sushi Rice）。此日本米，其实是在美国种植，口感近似，而香气全无。

总之烧出来的卤肉和白饭，差家里真远。但游子凭它自救，已很足够。熟悉以后，就时常做。见身边的亚洲同学一天到晚吃泡面，分装成一盒一盒便当相赠。后来，甚至卖起了卤肉。

台湾小吃节

在伦敦租屋,房东是一个台湾女生,大眼灵灵,画醺人的妆。长我们没几岁,但人美能干,我们仍叫她苹姐。苹姐当时的男友是英籍华人,姓氏不记得了,名字叫高文,自小离港来英留学,说话做派皆很洋气。

苹姐一回拿到了伦敦举办的台湾小吃节摊位,她不做饭,协议由我来做台湾小吃,苹姐、高文,及来自高雄的室友王小姐帮手,营收大家拆账。

台湾小吃多,但其中食材易取得的,又,我拿得出手的,就不算多。其中同乡人在海外,易于辨识的味道,猜可能就是卤肉。无论是卤肉饭,或是南部讲肉臊饭这样的细肉,或是中部爌肉似的肉块。只要是由酱油、糖和猪肉一起炖煮,加上八角或五香的香气,任由它拆解重组,比例调整,任它千里万里,还是像一个开关,使旅外的台湾人,从记忆底处亮起灯来。

我们四人的临时队伍,买空了邻近卖场的所有猪腹肉。我和室友,连夜切了几大盆的红葱头、猪肉和大蒜。我家的配方，红葱多用，去皮再手切薄片，相当累人；英国能买一种硕大的香蕉红葱头（Banana Shallots），手掌大小，切来照样惹泪，但省下不少剥皮的工夫。辛香料的浓气，自二楼窗户飘散出去，隔巷都能闻见。

高文从前在亲戚开的中菜外卖打过工，借来营业用的大饭煲，我们在浴缸中洗米，倒进大饭煲里煮。厨房四口电炉全开，分批炖肉。灯火通明到深夜，一夜没睡。

活动当天，场子塞满了人，卤肉售完，汤汁粒米不剩。其中有人尝了，回头外带几盒，神情复杂说："这卤肉，好像真的啊。"

是真的。食物是真的，想家大概也是真的。

孤儿卤肉

妈妈癌末时期，最后一道从头到尾手把手教我的菜，也是卤肉。自己揣摩学会的，和完全复制她的版本，是两回事。

有时听闻别人说，想念家里某某从前烧的什么菜，但人没了，菜也一起没了，就心生警惕。我的经验是，若有什么一生持续念想的菜色，赶得及，就应该设法学会。以后长路走远，恐怕前后无人，把一道家常菜反复练熟，随身携带，是自保的手段。逝者唤不回，如果连菜也丢了，味觉以后就再也无处可泊岸。

妈妈病中，站立三分钟都疲劳不堪，但卤肉的开场，将猪肉煸炒到必须程度，需十几分钟，她全程站着，为了让我见到应有酱色。她逐步解释，我凝神狂记，记下的全数紧握不放。

卤肉有两派主流做法。一种是猪肉飞水后，加水和佐料一起炖煮，另一种是我家这种先炒后炖的。不知是否因为商人家庭讲效率，我家炖什么肉，都先煎炒过。卤肉如此，红烧牛肉也是，连炖羊肉汤也是。炒了再炖很有好处，油都煸出来了，肥肉也不腻，且能定形，肉软而形不散。

猪肉必须是本地温体黑猪，冻肉差太远了，不如不烧。黑猪也有假的，有信誉的肉贩，会在皮上留几撮黑毛以示身份，记得镊掉。我妈指定部位，不是常见的三层肉，而是闽南语发音的"太兴"，带皮肩胛肉，猪颈以下胸上这块，肉味浓郁，久炖不烂。太兴量少而畅销，前一天要先跑一趟市场，请肉贩预留下来。我惯去一家中山市场的肉贩，现已开放用 LINE 预约。

我自己的版本，一块太兴，会多混一块三层肉同锅炖，有时候加猪皮一块，取其油丰胶厚。大锅卤肉更美，肉少熬不出足够胶质，连皮带肉切厚方块。

热锅，锅底只下薄油，猪肉入锅，皮烙到起泡见痕，猪肉本身的油脂，滋滋地冒出来。要耐性，炒足时间，直到每一块肉都上色，微带焦痕。将肉撇到锅子一侧，或是另取大碗先盛起来。此时锅底已积了不少猪油，入一整碗的红葱头薄片，和两瓣大略拍过的蒜，转小火，将红葱在猪油里炸酥，几乎成了油葱，小心不能焦，沥油盛起来。

再炒糖乌。

油里炒糖，转化成焦糖的状态，我妈总是用闽南语说"炒糖乌",从来不讲"炒焦糖"或是"炒糖色"。我妈留下来的笔记,所有卤水,成分里都有"糖乌"二字。台式卤肉不同于江浙菜中的红烧肉,颜色烧起来比较浅,亮棕色。颜色红,像下了色素,其实靠的是糖乌。且糖搁得根本不多。我们全家是北部人,无论烧什么菜,糖都放得不多。

糖融化后转成糖乌,金色的糖乌,眨眼就会彻底焦黑发苦,要格外注意。糖色一转,速速将肉倾回锅中翻拌,肉裹上糖,速在锅边呛半碗米酒,再呛酱油。我妈交代,酱油和酒一定在锅边烧过,不能直接浇在肉上,酱油遇锅热,滋一声瞬沸起来,才出烈香。最后兑清水,腌过肉,油葱也入锅,尝尝味道,比喝汤略咸,就转中小火,加盖炖煮。

我家卤肉,不太爱放五香或是卤包。香料仅有两种,中药行的上好白胡椒,一到两枚八角。肉用上好的,酱又炒得香,就足了。卤包算是花腔,过犹不及,不如不放。过程中,撇掉浮沫,直火炖煮到软。不能求省事置电锅,也不能用压力锅。肉软而不入味,色泽亦逊。

母后至今，如遇困难，无端端孤儿意识滋长起来的时候，就卤肉。慢慢切件，翻炒，卤一大锅。趁热下肚，以治心堵。当香气开始流泻在小公寓里，就回去和儿时那个完整无缺的家族团圆。

年菜兜面

家里有道老菜,只在年节时制它,我们家以闽南语唤它"兜面"(tau-mī,一般写作"捔面")。坊间有称"兜钱菜"的,或是直称"粚(khit)番薯粉",是一道褐色半透明、黏糊糊的淀粉菜。

父母双方皆世居台北,追溯原籍,一边是福建泉州晋江,另一边是泉州同安。两家过年都必备兜面,我自小当它是元宵汤圆、端午粽子那样天经地义的食物。直到屡屡与朋友说起,众人一脸发怔闻所未闻,才觉得应写它下来。

如今是万事可买,年菜也在馆子里吃的时代,偏这菜在坊间完全不可得，只能家里做。

兜面不是贵物，但需从汤汤水水的芡汁开始，热锅里连续使劲地拌和，直至淀粉熟化成团，菜肉都镶在半透明的团子里头才成。制作分量愈大，愈费手劲与时间，加上各家各户喜爱的馅料、咸淡和软硬皆不同，唯各自家传，成为味觉私史。

兜面丰俭由人。奶奶家年菜朴素，兜面亦色淡味稀；妈妈娘家版本则材料华丽，有干贝鱿鱼等鲜物。我现年八十岁的美凤姨嬷，说她儿时物资有限，当时的兜面仅以少许虾米爆香，祭祖之后，把冷糕团烙酥，蘸海山酱吃，也很高兴。

兜面里若搁鱿鱼、干香菇、虾米，可提前泡发，干贝泡好蒸开再拆成细丝。另备肉末，胡萝卜丝添色，要紧是起锅前要入大量的芹菜珠增香，家里还会放脆口的豌豆丝。细致点的做法，一切材料都尽可能细切（连虾米都切得更碎），才不至于咀嚼时扎口。起油锅，油可略多，猪油爆香红葱直至酥香，葱酥捞起，才逐项下肉末虾米鱿鱼香菇炒至出味，可掺白胡椒，然后以高汤、泡发干货的汁水，稍稍淹过材料，酱油染点颜色，烧至滚而鲜浓。调味稍重，因为入芡后稀释，再凝结时，调味已定型，就不易再改。

地瓜粉调水成浓粉浆，入锅与汤汁和匀，"兜"的动态自此始。待粉团稠浓上来，以坚固铁铲或木煎铲，全程大火连续搅拌，发出铁锅铲刮触锅底时的短音，闽南语称作糋（khit）。芡水烧稠，逐渐拢成团时，更需用力拌开，否则外边熟了，中间夹生。

家族成员众多且都热爱兜面，每年制大分量才够分食，搅拌时常弄断锅铲，须指派家中力大之人掌勺。最早是外婆，外婆老了做不动，就打电话唤妈妈和阿姨两姐妹奔回来，近年则都是最威武的小舅舅。兜面时炒锅会激晃，要另一人帮忙扶着锅柄。后来每逢兜面，就成一个全家围观的活动，其中有掌勺的、压锅的、投料的和来乱的。

作为年菜，味道是一回事，重要的是成为吉祥话载体。

母语里吃鸡起家、吃鱼有余、吃豆吃到老老（长寿），兜面为其中意涵最繁复多层的。年节吉祥话十之八九与发财相关，兜面将丰富馅料镶住，象征带财啊镶金包银；粉水兜至黏稠糕团，象征黏拢家人，团结一心。实际上也是，这菜根本要全家组队才能完成。

完成的兜面为糕团状，软弹晃颠像凝固的鲜汤。一年制一回，偶有失手，太稀则糊，太稠又韧口。兜面兜得好，掌勺和备料的人在年节期间享无上光荣，家族成员一面嚼食，一面没完没了地赞叹："今年的兜面比去年Q啊，去年不太够。""今年咸淡刚好。""今年鱿鱼真多啊。"

冷却的兜面弹性佳，可煎来做点心吃。回锅兜面，比原始版本更被喜欢。家人围在炉火四周，以筷子将兜面分切成一口大小，在铁锅里烙出脆底，边烙边吃。因为热黏烫口，吃它时会咿咿呀呀地呵气，话不成句。

广陌世间里，一群血缘家人，数代延续一道年菜这样的事，不能小觑。要数代人不离散，且一直有人愿意接手方能达成。今日许多人看待年菜，是年兽一样恐怖的差事，很乐于委托专业人士代理，到外头买，或干脆馆子里吃，这也没有什么可非议的。负责做年菜的人，为了过年累成什么样，大家知道，且舍不得，不如委外省事。但如果只留下一道年菜，作为家庭文化遗产，在我家就是兜面。文资保存一向有赖众人的共识和投注心力，而我们至今维护它。

隆重炸物

油炸隆重,油炸热烈,炸物宜于分享众人。因此炸物宜宴客,尤其宜过年。

但炸物明明遍地都是,几乎要成粗糙小吃代表。比如到速食餐厅里点上一筐不知是肉还是粉的炸鸡囫囵吞下。或盐酥鸡摊贩,将一切食物,投入浓茶色的浊油里弄熟,撒厚盐胡椒,入防油纸袋,戳竹签数根,豪情万千而稍显鲁莽的那种炸物。

当然不是那样理所当然的。甚至炸物成了太易取得,而反被嫌厌的食物,也是当代的奢侈。

以大锅油脂烹熟一批食物,在不远之前,六〇、七〇年代色拉油取代花生油、猪油普及之前，在物资有限的朴实社会里，始终是昂贵隆重之事。《蓬莱百味台湾菜》的黄德兴师傅，回忆日据时期知名台菜餐厅"蓬莱阁"所使用的炸油，皆以猪脂自家炼制，只炸过一回的余油和油渣，还能让员工带回家。

新油金黄澄净，如光明亮。热油里滴水不容，食物入锅，细泡沸腾滋滋发响。油炸在视觉或听觉上，都壮烈华美。因此炸油如今虽不是太费钱，启用一瓶新油，咕噜咕噜倒入锅中时，仍自然地心存敬意。

在家油炸食物，当然比水煮清蒸来得有门槛，炸太少不合算，炸完洗那口油锅也辛苦。在家油炸被视为畏途，气炸锅这几年才流行成这样，反映人们对酥脆口感的不能放弃，和面对油锅的真实障碍。但我是练过的，时常去炸，在心生节庆之感，比如过年、宴客、三五好友来访的时刻，以油炸食品来款待众人，家用油干净，做些外头不炸的老食物来娱乐众人，也是一份油亮清澈之情。

我能炸一点东西，是和我妈学的。而我妈特别会炸东西，则是环境的造就。

"在家油炸食物"若成立竞赛项目，那我妈可能是"国家队"的级别。除了大家族餐餐开伙，家里过去员工近百，不订便当，是由雇主供餐。我妈十几岁，就负责张罗百人吃饭。油炸是熟化食物最快速的形式，人多受用，因而请客时炸，过年更是大炸特炸。家里早年有砖砌大灶，接快速炉，凡炸东西，用油数升，"国家队"是这样练成的。

因此我妈对炸物严格。上馆子吃饭，我妈尝一口炸物，即眯细本来就很细的眼，以闽南语喃喃："含（kâm）油，袂晓糋（tsìnn）。"指食物油腻不蓬松，不懂炸。炸物含油，通常是因为油温太低，残油没有大火逼出所致。反之，若衬垫的油纸上，油印寥寥，食物表面干松，放冷入口，不咬出一汪油，那就是"勢（gâu）糋"，会炸。

馆子晓不晓炸，在我妈看来，是一条厨艺及格线。不同路数的烹饪，可能因食材有别，调味偏好不同，容有各自表述的空间。但炸物干爽酥脆是基本功，如

隆重炸物　　165

果纯论油炸技术，世上只有爽脆的成功炸物，和不爽脆、烂糊含油彻底完蛋了两种。炸物若坏，厨房基本功恐怕太差，其他菜色十之八九，可以不必期待。

自小跟着炸物"国家队"的我妈及我外婆，看她们激烈地炸东西，多少学一点技术皮毛，日后在窄小的公寓厨房里操作，亦总是灵验。倘若我可以，诸位也不妨试试，在此分享两道我家的年节炸物，菜色老派但确实好吃。

从来不入厨房的人，要是能弄出这几个菜，席间亦有惊吓长辈的效果。他们可能因为尝了一口，想起他妈妈阿嬷，坠入怀旧情怀，心生温馨，而忘记催你去结婚生孩子，或问一年下来挣几个钱等等，增添年夜饭正面谈资。

雪白炸花枝

这是我外婆的老菜，灵感可能来自福州菜，但已不可考。花枝炸出来雪白如花团，不是金黄色，非常贵气。大稻埕的福州菜馆"水蛙园"里的五味花枝，炸出来就是白的。但水蛙园用的是五味酱，若要相似酱料，则很类似台南的"阿美饭店"里的洋烧花枝。此菜一出锅，必须尽速上桌，花枝酥脆，酱汁讨喜，以网球比喻，是席间一记制胜的爱司球。

先做淋酱，接下来专心炸花枝，才不会忙乱。

碗里搁两大匙糖，用微量热水，稍微融糖，入酱油100CC和黑醋50CC，酱里拌入大量的蒜末、葱末、香菜末，酌量入辣椒碎，一茶匙香油，调匀成浓稠带甜味的酱料，备用。

挑厚身花枝，去皮膜，除内脏，将花枝摊成平面，表面以浅刀刻十字花，炸成就张开，样子好看，且能衔住酱汁。再切成3厘米×6厘米的长方片，花枝炸了会缩许多，不宜切太小，维持口感，腌少量料酒和白胡椒。

粉是九成地瓜粉、一成太白粉混匀，这道花枝炸起来雪白，而非金黄色，故不用鸡蛋。花枝在粉里兜匀，稍用手劲将花枝身上的粉捏紧，余粉抖掉，一旁搁着返潮，同时烧油。

隆重炸物

油炸不论锅子大小，锅身厚，宽口为佳，油温不易骤升遽降，另备大漏勺，关键时刻，将炸物利落一次捞起，不慌不忙，油炸时最要紧的，是心头定。

花枝入油锅，起许多油泡而没有升烟，即是理想油温。开始十秒别扰动它，使其定形，此时搅动，粉会散开，弄得油浊。二十秒时捞起，旁边搁一下。

大火使油温升高，把花枝一口气下锅，会嗶里啪啦地激烈起泡，这是二回炸。二回炸十秒即可，可有效逼出残油。盛盘，淋酱，上菜要快。

芋枣

芋枣是我父系家族的年节必备点心，奶奶过世后，我和弟弟担心再也吃不到，在家试做多次，终于让我们做成。芋枣在传统市场炸物摊子和夜市里，偶能买得，但口味不及家里做的。芋枣做法容易，且人见人爱，大家可以试试。

芋头去皮，切成厚片，蒸透。

熟芋头中,入许多细糖,趁热压泥到糖化开,试吃一口,须比喜好甜度略甜一些,接着入油脂和粉类,调味才会刚好。趁热搁两匙植物油拌匀,别用橄榄油或苦茶油等气味鲜明的油脂,会抢戏。加少量猪油,能明显添香,但不能全以猪油代替,也会抢戏。

等比的面粉太白粉混合,大约混出一米杯,入芋泥一起揉匀。粉的用量不需多,够成团即可,粉多芋头就不香了。分小块,揉成 5×3 公分左右的椭圆形。我和弟弟,吃了二三十年的芋枣,是芋枣的纯粹主义者。坊间亦有人在芋枣里添五香粉、油葱酥,或包咸蛋黄、肉松、红豆沙、麻糬等等,甚至有外头裹粉再炸的。爱加的去加罢,我们是不这样干的。

油锅烧热,先扔一颗芋枣下锅试,起大泡才好。油温过低,芋枣会在油里化开,溃不成形。同上则,刚下锅的前几分钟,不要扰动,芋枣炸定形。中火炸至金黄,起锅前火较大,炸至浅茶色,即可起锅。

最后,既然起了油锅,高兴炸什么,都可以顺道炸一点,甜年糕用润饼皮裹起来,里头放一把花生糖粉,炸。剁一点虾泥、猪肉末和韭黄,包成春卷,也炸一炸。年节时吃炸物,哗啦哗啦咔滋咔滋地出声响,添过年热闹。

芋头的天分

今年春节,用七只芋头,捏了上百颗芋枣。世上多少芋头菜色,仍要从芋枣开场,那是我的终极芋头食品。

奶奶在世时,每年年夜饭都有芋枣。这是我弟弟最喜欢,且唯一喜欢的芋头食物。奶奶过世以后,不进厨房的弟弟,为了芋枣,竟约我一起复刻这道菜。

因为没有见过奶奶的做法,只能凭味道去猜。测试不同的糖,白糖、二砂、冰糖、椰糖。以及不同淀粉,地瓜粉、太白粉和面粉。油脂试过菜油、奶油、猪油、鹅油、冷压花生油、椰子油。失败了几批,才模拟出很相似的口味。长辈过世以后,父系家族除夕的年夜饭就分开吃了。我们将这一道菜带到母系家族。母系家族过年人多,芋枣太受欢迎,一日下来,竟然吃掉上百个。最后连弟媳和小表弟,都来帮忙揉制。

芋头蒸熟,压泥,入糖、油脂与少量淀粉,和匀。既叫芋枣,而非芋丸,就要搓成金枣大小的椭圆形,油炸而成。冷天里在油锅边等,出锅就捏起来,边哈气边吃,薄薄的脆壳在齿间碰碎,里面芋泥热烫。做芋枣的芋泥不过筛,所以不算细滑,还有点咬感,非常香口。

好友全家是台南人,只见过芋丸,从未听过芋枣。因此有一说是"北芋枣,南芋丸"。可见芋枣是某一撮台湾人的传统食物,不是通识。既称丸,形状是圆形,尺寸较大,且包馅,馅料咸蛋黄、肉松、豆沙的都有。台北宁夏夜市里的驰名摊贩"刘芋仔",就售这样的芋丸,另售芋饼,总是排队老长。

一位朋友的父亲,是万华退休的办桌师傅。说起过去办桌,炸物一节,供应的是自制的芋枣,当时的版本是包馅的，馅心是糖冬瓜，现在没见过这种包法了。

我家在台北城郊，逢红白事，乡人仍然办桌，只是今日办桌使人泄气，别说手工制的芋枣没有了，炸物都是工厂的半成品，马蹄条这种不是台菜脉络、便宜行事的菜都上桌了。甜点干脆发送品牌冰淇淋，直接放弃挣扎。小时候办桌，外公指定的大师傅，叫"甲仔"（闽南语发音"尬耶"），甲仔烧的老菜，现在都不能忘记。当时甜点，是手工冰镇梅汁番茄，红蟳米糕的油饭也由师傅亲自炒，比当今的名店都香。

我家版本的芋枣是纯甜味，许多芋枣，会制成半咸甜。芋枣内搁油葱、五香粉或胡椒。"欣叶餐厅"李秀英阿姨的食谱，就有一道咖喱芋枣，芋泥中裹了咖喱味的肉馅。

能做成甜味、咸味，或甜中带咸，恰好是芋头的物性。根茎类之中，芋头即便熟了，仍比较干口，多纤，好处是中性，不似番薯或南瓜自带甜味，水分又多，适合直接吃，所以芋头宜加工，添油加糖，或掺其他淀粉。

喜爱芋头的人，住在亚热带的多湿岛屿台湾很受宠顾，因为本产槟榔心芋品质上乘，故我们乐于将它广泛地入菜或制成点心。

料理芋头，很倚重芋头的天分。菜场里，常见商贩取一只芋，削出切面让人窥视。紫红筋络均匀的，或掂在手里轻的，粉质重，熟了才松化。

若遇坏芋，质地坚，捣不烂，要把硬块挑出来，通常还不香，怎么调味也难救。总结出心得，就是做芋头菜，不必急着烧，倒是采买要仔细。质地好的芋头入手，不易难吃。八月以后到秋冬，大甲芋的品质最好，其他季节需碰运气。若无好芋，放弃都不可惜。

买了好芋，还得舍得。削皮时削得深，从外皮往内削去一两公分左右厚度，只留芋心。我常去华新街市场里的一家熟食铺，买炸好的芋头块回家下火锅，此铺只采芋头心，多余的让别家拿去加工成别的。

芋头从成形到不成形的，样态很多。芋头如果拟人，大概是老好人，总是帮衬别人。它和音时多，个唱时少，灰扑扑的垫在其他主食下头，烧成芋头扣肉；敷在鸭肉上一起炸，成香酥芋泥鸭。

芋头完整到烂糊，化成什么形都好吃。

原形芋头，切块炸酥，在火锅里或佛跳墙里炖出绒。我吃佛跳墙，鱼翅鲍鱼鱼皮鹌鹑蛋都不吃，排骨酥外头那层面糊特腻，也不吃。专挑汤里垫底的栗子、笋丝和芋头吃，这些才吸收了所有鲜汤。

吃芋的原形，还喜欢它与牙口抵触，咬着化掉，渐渐的香。潮州菜系里的工夫菜"返沙芋头"就是。讲究的做法，也是头尾边缘削去大半，只采芋心。切粗段油炸定形，在浓糖水里反复炒至糖结晶，成莹白色挂霜。热吃，糖霜薄致，和芋一口松化，华美非常。

丝状的芋，生芋丝敷在肉馅上一块蒸熟，就是鹿港的芋头丸。芋头丝和米浆拌糊，塑成扁椭圆形，两端揪得翘翘的去蒸，就成芋粿翘，现多写成芋粿巧。我这样闽南家族长大的小孩，觉得将芋粿巧，用稍多的油，将皮煎到赤赤，蘸蒜茸酱油吃，芋头巧最香也最巧。

芋头的天分　　175

芋不能生吃，有小毒。故无论成形或不成形，最终都是吃它熟透化散。因此终极芋头制法，当然是芋泥。芋泥是传统甜点的要角之一，儿时上中式餐馆吃寿宴，最期待饭后分得一小碗甜芋泥或芝麻糊，如今不多见了。一切费时，手工密集，要求耐性的事，未来都要愈来愈少，或要重金去换。

叫得出名字的芋泥甜品，就有福州式的芋泥，潮式的福果（白果）芋泥，江南的八宝扣芋泥。主成分皆是芋头、糖、猪油。细腻如福州芋泥，拌入的除了糖和油，就是人的气力和时间。芋头过筛不止一次，隔掉粗筋硬块，油下得多，才得极致的幼滑。

芋泥真是非常东方的材料，咱台湾人除了爱戴它，还极能变化它。当代芋泥，将油脂换成奶油或其他植物油，还将之包进芋头酥，抹进海绵蛋糕作为夹馅，弄成芋头奶茶芋头布丁什么的，它始终不是席上最贵、卖相最佳的菜，但是粗朴隽永，怎么翻来覆去地吃它都好，都被抚慰。

外来的年菜
——高丽菜卷

弟弟从前的女朋友,后来成为弟妹,在两人刚交往时,弟妹一回商借我家厨房,做几个菜请我们。当时除了玉子烧和味噌汤,还做了高丽菜卷。我当时暗暗吃惊,暗暗叫好。

高丽菜卷是奶奶的年菜,在我家餐桌上至少六十年。

从我爸爸有印象开始,到奶奶九十岁过世,高丽菜卷年年出现在年夜饭上,确确实实超过六十年。我奶奶每年做这道菜,因为她是日据时期长大的姑娘。我的弟弟和弟妹,也都在东京住过几年,弟妹做这道菜,用日文食谱。这里说的高丽菜卷,不是俄国式,不是中欧或意大利那样在茄汁里炖软的，而是日式的，或起码是"混血"的那种。

奶奶是艋舺人，娘家邻近青山宫。出生时是日据时期的昭和元年，也就是一九二六年，在日据时期生活到终战时十九岁，已经出社会了。我奶奶是职业妇女，虽然领有助产士执照，但是没有执业，而在东园町公学校，也就是现在的东园小学，担任驻校护理师到退休。这位识字的"昭和姑娘"，往后人生仍持续阅读日本妇女杂志，看NHK和相扑，八十几岁仍天天举着放大镜读报纸。

作家新井一二三的著作《这一年吃些什么好？》里高丽菜卷这一篇，说日本人的高丽菜卷，是明治维新以后才向西方学来，有红色（茄汁）、白色（贝夏美酱）、和风（柴鱼酱油）三种。既然高丽菜卷在日本，都算是外来菜色，我们在台湾吃的这种混血和风路线，更是外来的外来菜色。

我爸爸自小吃高丽菜卷，我自小也吃，几十年来未曾疑心过它的来处。直到弟弟到日本念书，打电话回家报平安,说起浅草,凡路上走动的、穿西装的老先生,看上去都像爷爷;又,凡关东煮,里头都炖着奶奶的那种高丽菜卷。这是高丽菜卷它老家,爷爷奶奶的场景布幕啊。然后弟弟奇怪起自己在家时根本不爱吃高丽菜卷,他乡见到,想起祖父母,见一个吃一个。

高丽菜卷是奶奶的年菜,但不算最受欢迎的那种。

这是道预做菜,通常在我们返家祭祖前已经备妥,我没亲眼见过奶奶料理它。我家过年必备火锅,汤里滚着贡丸、鱼丸、白萝卜,高丽菜卷当成火锅料,一起炖在汤里。可是年夜饭好菜太多,有乌鱼子和佛跳墙吃,还有众人热爱的炸芋枣和兜面,小朋友向往沙士,谁关注那锅汤呢?

因此高丽菜卷它只能浮沉,炖一晚上无人闻问。大家吃饱了收拾碗筷,电磁炉收妥,汤锅留桌上,饭纱罩盖上,客厅麻将声起,《龙兄虎弟》除夕特别节目都开播。高丽菜卷,它还在锅里,且有些糊了。

守岁至午夜,烧金完毕,外间鞭炮声此起彼落,我们起身准备回家了。此时奶奶把预先分成一家一包

外来的年菜

的冷冻高丽菜卷取出来，让我们带走。婶婶们通常推辞，我家则一定收下，因为我爸爱吃。

由于工序麻烦，奶奶一旦做起高丽菜卷，就批量生产，库存总有不少。

奶奶的高丽菜卷，因为是自家吃的，鱼浆搁得少，绞肉放得多，用料确实。与坊间不同的是，她还放荸荠丁，软里脆。光是在肉馅里放荸荠这件事，就与日式脱了钩，是本土灵感。最后用蒲瓜干在菜卷中央扎上小结，像只小包裹，在汤里煮久也不散开。

但那蒸熟又冻过再入汤锅的高丽菜卷，通常已走味太多，蒲瓜干韧口，带股酸味，不得孩子缘，年年元宵过了都没能吃完，唯我爸顽固捧场。再大点，虽每年仍见到高丽菜卷，但只当它是个远房亲戚，已完全不吃。奶奶过世以后，也吃不成了。再吃到，就是弟妹做的。

弟妹的版本鲜美利落。她将高丽菜叶拆下来，逐片提着，菜帮子先入水烫软，整片菜叶才滑入锅，数秒即起，菜叶软得足以包馅，但仍甜脆。馅料不下鱼浆，纯将猪绞肉混入洋葱丁，下盐和胡椒调味后就卷起来。封口处贴着盘面，一个挨一个，放满一盘入蒸锅，大火蒸透。出锅时，菜叶还绿，盘底多一汪金色高汤，鲜得出奇。

短时间清蒸而成的高丽菜卷，未经久炖，菜叶甜脆，肉馅饱含汁液，一年四季都有的食物，但永远像亮水绿色的晴朗春日。滋味难忘，隔天立刻再做一次，往后外头见到也愿意吃了。我的家庭老菜，欢迎它回来。

这个菜外头卖得不多，传统市场里专卖火锅料的店，即摊上卖许多鱼板和丸饺的那种店，有时会备，倘若卖得太便宜，一卷二三十块钱，馅子里都是鱼浆和淀粉口感，食而无味弃之可惜。在外头吃，就去几家兼卖关东煮的台式日本料理店，如华西街夜市"寿司王"或"添财日本料理"，皆是六七十年老店，都在台北的老区域，而且高丽菜卷自家做，不用工厂货。

有一种小吃摊，看上去就知道食物不会离谱，寿司王是这种。它卖台式的寿司手卷等，兼有一口关东煮锅，锅中柴鱼汤汁始终暗沸着，少许泼溅出来，每数秒就被老板拭干净，老板是初老年纪的人，老店第二代，没做菜的时候，总在擦拭台面，摊子有着非凡的清洁感。寿司王的菜卷是良心制品，用上好的高丽菜，馅料饱嘟嘟全是真东西。

添财日本料理在开封街和武昌街上各一家，我爱去城隍庙侧巷里的武昌店，为它的海钓生鱼片如金目鲷，台式那种没有一点饭的手卷，或那木造环境中，满室家庭聚餐人口的乐融融的老店气氛。并不是每次都点关东煮，但尽可能坐板前，靠近关东煮锅和寿司师傅前这排座位。

这个位置看锅也看人。关东煮锅边的阿姨，必须资深，专门照料这锅食物。锅的宽度有一公尺上下，是口大锅，里头十多种材料，萝卜、芋头、豆腐包、牛蒡、甜不辣等，拼图似的将锅填满，丰盛成景。食材遇缺就补，阿姨且不停往上浇淋汤汁。高丽菜卷一次只炖五六卷，卖得差不多再添补，这种专人顾在炉边的关东煮，不会炖过头，软而入味。阿姨负责将材料切成适口程度，才盛上桌。

添财的高丽菜卷，是从创业至今都有的菜，每日鲜制，馅子是绞肉加上少许鱼浆，仅整个菜卷的三分之一量。馅料是点题用的，高丽菜才是那个题。菜卷切段，可见高丽菜卷成厚厚数层，如一个瘦牙签般的人，穿蓬松的羽绒外套。菜卷炖得非常柔软，咬着菜汁涌出来，吃它菜甜而非料丰，也很可口。

不将世上万千种风格的高丽菜卷都算进来，光本文中的菜卷，风格就各异，可见各自表述的空间太大了。综合各家做法，轮到我自己做，就成下面这种。

向弟妹学，清蒸不炖煮留点咬口。向两家老店学，高丽菜才是题旨，挑质地好的，确定甜的，稍贵都不要紧。冬季的菜卷很容易好，因为高丽菜好。

馅料是八分绞肉，两分鱼浆。鱼浆用量少，不必买，半化冻的白鱼、花枝或几颗生干贝，在案板上切细再剁即得，市面鱼浆添加的淀粉、味精，也就少吃一点。绞肉鱼浆拌匀打水，可以打一点柴鱼高汤进去。冻绞肉摔不出胶，须用鲜肉。

带脆口感,向奶奶学。放荸荠和洋葱丁,不切太细。胡萝卜丁切细也放一点。香口的东西酌放,香菜梗(不用叶)切得特细,拌一茶匙进去,再加微量姜泥,可辟肉腥,香菜和姜泥作为暗桩,最好吃不出来。

一颗大高丽菜,只挑宽叶,能做出十个上下的菜卷,这菜要费一点时间,但年菜不是一般食物,年菜是仪式食物,若一切得来全不费工夫,仪式感也就微乎其微了。这道老菜到我手上,它改头换面,重回年菜队伍,我以它纪念奶奶。

高丽菜卷（包心菜卷）

炸芋枣

家传卤肉

辑四

茶与茶食

港岛茶记

妈妈奠礼后不久,去一趟香港。

周五清早班机抵港,全市绵绵密密地安静降雨。乘巴士进城,袭自英国的双层巴士,登阶二楼无人,坐首排座位,眼前玻璃高阔如屏幕,视野随车轻微摇晃。

前方高楼入云,天色铅灰,巴士在高架公路上行驶,公路孤悬海上如在半空飞,往下望,海面星布无人居住的碎小岛屿,雨水浸润以后成浓绿色,像是百余年前,无太多人,无摩天高楼以前的香港,原是那样苍莽野生的热带绿色。

香港与澳门,是我妈妈十七岁少女时期,第一次离台旅行的地方。戒严时代，离台是大事，是全家盛装打扮送到机场，主角颈绕花环摄影留念的，那样不能磨灭的一天。凭外公贸易公司名义申请，少女妈妈得以初次海外旅行，不确定她初抵香港时所见的景色，但是首次离家，乘飞机到达的地方，谁都不易忘记。往后她时常提起香港之旅，我们老是说，香港这样近，随时都能再去的。

到底她没有再来。

巴士疾驰，从朗朗天地，蜿蜒驶进水泥丛林，穿越窄街上巨型店招与川流人群，抵达香港上环。酒店位于西港城附近港澳码头旁的高楼，房中布置摩登简洁，空调送来清冷现代香氛，落地窗外，海面平坦，船只如默片移动。然而一出酒店大门，与寂冷摩登空间高度反差的，是上环海味街鲜浓的海味干货气味。

上环是来港华人最早聚市的区域之一，海味街不仅一条街，而是几条街交汇成的小区，以德辅道西为主，临近的文咸东街、永乐街、高升街亦属范围内，售鲍参肚翅、瑶柱、虾干一类的海味干货，亦有中药铺，与台北迪化街几分相似。海味二字用于此，多义而传神，市街临海，行走其中，浓浓气味亦如浪起伏，是大海的咸腥与甜味。

家族经营贸易生意，外籍和本地的宾客往来，大宴小酌不断，早年即有深厚宴客传统。外婆和妈妈都能烧一些做工繁复的台菜，受友人影响，有些菜色，并染有一点潮州菜的神韵，海味多用且调味浓鲜。妈妈家中品质较好的海味干货，如当代显得十分政治不正确的排翅、燕窝，或花胶，或干鲍鱼，甚至禾虫，许多是由外公好友，原籍潮州的世伯，自港小心携来。朴实年代，舶来品除了新奇华丽，回忆起来尤其如梦亮泽。我深深嗅进一口海味街的空气，想我妈妈圆圆的、膨润白皙的脸，能想见她在此街市，那些橘色的灯泡底下，兴奋得一脸发光。

这一带有路面电车，叮叮叮叮的响铃过市，行进速度古老，且无空调，城市的空气污染和湿黏雨雾都穿窗而入，人在车中，亦如走在街上，五感清晰。乘叮叮车从上环往中环,在茶餐厅吃一件蛋挞喝杯厚奶茶,然后连续地登上阶梯又走下阶梯,回上环去寻找茶叶。

妈妈在家族企业上班,从高中毕业的未成年少女,到近六十才因病退休,一生没换过工作。办公室是娘家的延伸,老板是外公,舅舅阿姨都是同事。办公室玄关旁的茶水桌上,长年备有一壶铁观音,玻璃茶盅里的茶不能见底,随时补充。彼时还不兴办公室里摆咖啡机,人人工作到一个段落,就起身倒杯茶喝,因此我妈除了管人管账管发薪水,还管泡茶。

茶叶来自香港"福建茶行"的铁观音,偶尔喝同区"嵃阳茶行"的水仙。妈妈有癖,不喝白水,觉得有生味,日常习惯饮茶替水,外公亦从不喝水,午餐和晚餐时固定饮酒,其他时间饮茶,长年如此,说不上健康,但总之是家族顽固。

小学放学回家前,先到妈妈的办公室,以闽南语向外公问安:"阿公,我转来啊。"并观察外公的玻璃杯,水位太低便要为他添茶,同时要站在桌缘,对外公简述一天发生的事。闽南语发音有误,会被妈妈当场纠正,说不足五分钟,榨不出话想逃跑或放空发呆,外公低声哼一声,妈妈便会令我站好重讲,这是我妈有意识的设计,要熟习母语,还要好好跟长辈说话。

彼时公司营运已交棒给舅舅,外公退休后,仍每日进办公室,为一种勤力的精神象征。正经的老派男子不能不上班,且日日衬衫浆挺,发乳梳得头光脸净。一手创建的公司即是疆土,他每天坐镇其中。

外公因为不必办公,因此老在读报,我说话的时候他都听着,只是未必抬头,觉得有点吵了就一摆手,表示可以停了。

替外公添茶和倒酒是我的工作,重点在分寸。外公的一切,都有他自定的秩序,茶杯是专用厚玻璃杯,有水蓝色网印刻痕,不与其他家人混用。倒茶时,水位七分正确,七分半完美,不得超过八分。倒得过满会被责备,茶都倒不好,那是失家教。整套沏茶及日报的仪式完成,轮我可以倒一杯茶给自己,坐妈妈身旁边写作业边喝。当年竟无人觉得儿童摄取过多茶碱有何不妥，实际上我自己亦喜欢，因为那种铁观音好喝极了。

福建茶行驰名的铁观音，茶叶源自福建安溪，但老铺自成品牌的关键，是创业以来坚持自家焙茶，以保风味。该铺铁观音茶，与台湾如今常见的铁观音是两回事情，是重焙火的熟茶，茶汤呈红亮琥珀色，入口厚滑津润，冷却后仍一点不涩，可以成天喝。自小饮熟茶习惯，养出老派胃口，长大随人喝包种和金萱这类剔透清香的生茶，有时刮胃，不能多取。

台湾本土自产好茶，而我家日日饮用的茶竟来自香港，必然有故事。外公属于超级难伺候的长辈，对家人严肃，生活规矩族繁不及备载，但对朋友兄弟倾情慷慨，好得离奇，因此交游广阔，中国香港，或泰国、马来西亚各地都有华人华侨好友，时常来访。

彼时有一种人情义理，现代人恐怕难以理解，比如把小孩放在我家寄宿，并在台湾就学，与妈妈舅舅们一块长大。香港世伯的两个儿子就这样一住十年，家长起初可能也寄放一点安家费，但生意起伏若是辛苦，就每回来台探子时，带一点手信，如鱼翅或茶叶、药膏充数。福建茶行的茶叶当年就是这样一盒盒搬来的。后来孩子们返港，其后渺无音讯，但十余年的饮茶习惯已深，不愿间断，就改托我的台商爸爸，从深圳进港转机返台前，负责到上环大量买茶，携回库存。

彼时办公室有一面落地玻璃窗，下午，强烈的西晒阳光穿过玻璃茶盅，使茶汤深沉的颜色一时轻盈。儿时饮茶的无数个下午，对我来说是凝固场景，场景中我笔直的、威严如山的外公总在读报，妈妈踩着高跟鞋，在工厂铁楼梯上下奔忙，余音嗡嗡回响，竟晃眼成昨日事。小孙女长大远行，足迹比他们谁都更远，鲜少回头。先是外公不呼吸，再是砖砌的旧办公室，扩建成巨型铁皮工厂，与门前大榕树一起原地消失。妈妈生病，直到妈妈也消失。一切握不住，时间冷静，从来是人缺乏觉察。

至今仍清楚记得福建茶行的茶盒，是扁长方形的绿色或粉红色马口铁盒，盒面印有飞马商标，和中英文双语产品说明，殖民地风格。妈妈和阿姨将空茶盒，拿来分类会计用章，或收藏从国际函件剪下来的精美外国邮票。电脑前时代，做账和发薪水是大量人工和纸本作业，妈妈与阿姨的茶盒，是忙碌办公桌上固定的风景。

阿姨在我妈妈病逝前，坚持退休。于妈妈病榻前轻声说："大姐我退休了。"妈妈无力说话，点点头眯眯眼笑，表示同意。阿姨收拾打包的时候，什么都留在公司，唯把锈损得厉害、开阖太频导致盒盖变形的福建茶行茶盒带回家。茶盒是战友、纪念品，是亲姐妹并肩工作的三十年。世人有时轻看物质，不知道人生难料，须有旧物相伴，回忆才能轻轻附着其上。

福建茶行在上环孖沙街，是条短街，我一不留意走过头，转身才见店招。门脸窄长店堂很深，装修都是几十年前的风格颇有年岁，老铺室内反而净简，无杂物招贴广告，柜里仅有茶叶、茶盒和茶具，灯光是日光灯管。掌店的先生，清癯瘦高，长脸深纹，眼神淡定而礼貌。产品种类并不复杂,多数人来问驰名的铁观音和水仙茶。福建茶行的铁观音分三级,有茶王、特级的和一般的。因为不记得儿时饮用的铁观音档次,只好尽力描述茶盒的样貌。扁方形,大约这么大,我曲起手指解释,盒盖是绿色、上掀式的。老先生闻言笑笑,表示知道我在二十年前确实喝着他们的茶,告诉说方形盒如今停制了,改成圆柱形的,但老派描金字形和红色飞马商标照旧,一眼能认。我决定买一罐铁观音茶王,并询问泡茶方法。

很简单的,老先生说。且走到茶桌边,执起一只掌心大小的紫砂壶,简洁说明。

先烫壶,再搁茶叶,大约壶内的五分之一容量,他在壶身上作势画了条线。水滚冲茶,十秒就倾掉,算是洗润茶叶,第二泡便能喝,泡三四分钟,此茶耐泡,六七回后仍香。简言之,水滚茶靓,并无花巧。

自茶行步行回酒店,天色已暗,下起滂沱大雨,雨水降在海面,弄糊了对岸的霓虹灯楼。大雨时候,人间反而安静。我欲泡茶,然无茶具,房里仅有两只白瓷马克杯、茶匙、电煮水壶。

开启茶盒，拆开箔纸真空包装，闻炭香幽幽，烫杯之后，投一点茶叶进去，茶叶是球形蜷曲状，色深黑。用少量水润茶，再取新水煮沸，冲茶后焖着，再用茶匙抵着杯缘隔出茶叶，将茶汤滤进另一只茶杯。

酒店的黄色室内灯底下，仍清晰可见相同的琥珀色茶汤，落进净白瓷杯，随着微量滤不清的茶渣细粉，和来自旧时代的木质香气一起蒸上我的脸，甜稳气味让室外的雨声安静，让儿时光线，转眼目前。气味直接钓引出记忆深处的一块，抿一口，味道与记忆叠合，在许多年以后，和许多的物是人非以后，茶仍是当年茶，教人深深感激。

当年的许多人已经走远，就我和茶留下。凭一脉可循，成人独立后的孙女及女儿，从一个岛，到另一个岛去找茶，或说找一点时间遗迹。往后多么思念，也要将自己收拾好，专心泡茶，然后生活下去。

等茶时光

十年要喝多少茶？一日两杯计，七千三百杯。

喝一种茶超过十年，女青年都成了中年妇女。我辈都会女子独立，工作练达，生活里也懂得伺候自己。如戒除熬夜、计较升糖指数、多食蔬果减摄零食。深爱的精致淀粉白米面包，也得减半。但茶是不能不喝的。我的茶是英国式建筑工人茶，色深味浓，加牛乳和糖。我的茶粗廉而亲人，是个人历史遗迹，是个朋友。

英国本地产茶量微乎其微，茶叶多来自印度、斯里兰卡或南非。将茶叶碾至细碎，冲出来色深浓微苦，故调入鲜乳与糖，即转厚滑。许多英国人日常里大量饮用此茶，甚于咖啡。然而不称乳茶（Milk Tea），一概称茶（Tea）。

初抵英国时是四月，虽已初春，仍在降雪。亚热带岛屿来的女生，从伦敦郊区的希思罗机场，长途移动，抵达南部海滨小镇寄宿家庭时，已是深夜，人冻成一粒冰。屋主太太领我进房安顿，让小女儿递来一杯热茶，搅入砂糖和牛奶，甜润温暖。马克杯圈在掌心，尖着唇啜饮，甜茶淌入体内，人与茶就此结识。成了学生时代至今，最初与最长的习惯，一份长期关系。此后每感到寒冷，外在或心理的，就喝茶来抵。

我很快和屋主凯文学起泡茶。

凯文是火车维修技师，身形高大，性格温和。屋中琐事，如清理猫的呕吐、置换全室地板、为妻子的宠物陆龟兴建木屋等，皆亲自动手。我的生活周遭，见多了男人以工作为由，缺席家庭生活的伪单亲家庭，见凯文这类人，开始时颇为吃惊。

我观察多劳的凯文，一日要喝上四到五杯茶。凯文在清晨五点离家，火车通勤一个半钟头至伦敦上工。

清晨先饮浓茶才出门,才挨住天亮前海滨城镇的低温。

凯文惯喝的茶包是 PG Tips,价廉,茶叶碾得极碎,泡出来的茶汤深浓,是英国蓝领极具代表性的品牌。其电视广告也往往强调此印象,常常是一位操持北方腔口的壮汉,和他的茶朋友,一只毛线编织的猴子吉祥物,在简朴的砖造排屋里泡茶。

英国人类学家凯特·福克斯(Kate Fox)写同胞的著作《瞧这些英国佬》(*Watching the English*),其中的《早餐规则与茶信仰》一章,写如何从喝茶细致地观察社会阶级。大意是,茶里加糖愈多,愈近劳动阶级。而中产或上流社会,则饮"疲弱、淡如洗碗水"的无糖伯爵茶。而从一人对建筑工人茶避之唯恐不及的情况,可窥其阶级焦虑程度。

凯文出门前和下工后都泡茶,已成仪式一种。专用的马克杯,是他任职的西南火车公司周边产品,白色杯身,印着红色蓝色的一列小火车图案。我很喜欢交通工具,特别是火车,大概和他聊过那只杯子。我离境返台前,凯文从公司买回一个相同的杯子赠我,纪念我俩茶谊。

凯文的茶色极浓，乍看以为是咖啡。英国的平价茶包大多没有白棉线和提把，仅用不织布，封住几克碎茶。茶完成了，小匙挑起茶包，扔进垃圾桶，绝不续泡。一些老派英国人，会将茶包以茶匙抵着，手指将残茶挤回杯里。茶专家说，此举会使茶汤出涩。但挤茶包这种小节小癖，一辈子不理会专家，也没事的。

茶泡好了，就倒冰牛乳，多冷的天，都倒冰牛乳。

喝茶时，兼吃几片饼干，最受欢迎的是巴掌大的圆形消化饼，单面裹上牛奶巧克力，以饼干蘸着茶吃。这种茶就是建筑工人茶，Builder's Tea，劲道热量俱足。寒天冷冽、身体劳苦时候，很起抚慰作用。

二〇一二年的英国电影《金盏花大酒店》(*The Best Exotic Marigold Hotel*)，讲七位银发族，受夸大网路广告吸引，到印度一间年久失修的酒店养老，携带各自的生命处境，异地从头来过的故事。电影卡司是一众英国资深演员，如玛吉·史密斯（Maggie Smith）、朱迪·丹奇（Judi Dench）、比尔·奈伊（Bill

Nighy）。七位前辈演员，时年加总近五百高龄，全剧是炉火纯青的演技大飙车。

玛吉·史密斯饰演的老太太，偏执顽固。经机场的行李安检，手袋打开，里头全是典型的英国包装食品，如腌洋葱、腌蛋、三十六包巧克力消化饼，和大量 PG Tips 茶包。她无亲无故，一人独行，如小筏航向远洋，有赖家乡补给包围周身。

而片中比尔·奈伊饰演的退休教师，是位老好人，时常尴尬，手长脚长更显无措。他和聪明能干的寡妇朱迪·丹奇，谈起黄昏之恋。英式长辈的含蓄告白，亦以茶开场。

"你几点下班？"比尔问朱迪。

"五点。"

"喔，午茶时间。你喜欢怎么泡茶？"

我怎么为你泡茶？这是尝试邀约。

"加一点牛奶。"朱迪答。这是许可。

茶是问候，社交辞令，计量单位。诸此种种，故英人老问人喝茶。

"你要喝一杯茶否？我想喝一杯茶"是另一个语境的"呷饭没？呷饱了"。说一人不是自己偏爱的类型，就说"非我的一杯茶"（Not my cup of tea.）；聚会时，一人说话冷场，另一人起身解围："有谁想喝更多茶呢？"

组织语言的，往往是生活常物。故咱以米饭造句，英人以茶造句。

除了 PG Tips，中产阶级最爱的茶品牌，则是 Twinings，唐宁茶。其中有一位明显例外的人物，即英女皇伊丽莎白二世。皇室管家受访时表示，女皇在早餐时，惯饮唐宁的伯爵茶，旅行时也带着茶叶上路。

旅英期间，我也爱喝唐宁出品的阿萨姆或早餐茶。回台又买，发现版本有异。或者说，任何品牌茶包，应英人的浓茶习癖，在当地生产销售，茶叶就放多一点。比如唐宁茶在英国贩售的茶包，重量超过三克，海外版仅约两克。

至于观光客到伦敦，爱去的皇家杂货铺"福南与梅森",Fortnum & Mason（F&M），则属奢侈品，而非常备选项。

朋友进城，买了成套的F&M茶包礼盒，分赠小包给我。正泡茶时，寄宿家庭瞥见包装，说："Oh! Posh tea." Posh除了用来形容高档货，亦形容上流社会口音。民间用此字，音调扬高，语态疏远，以显自外。

泡茶几个月以后，技术可以了，我以一套保证泡出厚茶的工序，建立口碑。凯文后来请我泡茶时，顺便替他泡一杯。到长辈家里聚会，几位老先生也喜欢我泡的茶。

泡茶前，先温壶温杯，以热水将容器升温至烫手。另取新鲜冷水煮沸。水沸时呼噜噜的出声，让它留炉上多沸一会儿，此时倾掉温壶杯的水，投茶叶或茶包入容器。

一个人喝茶，用一勺专用量茶匙的茶叶。数人饮用一大壶茶，则多一勺茶叶，专门喂给茶壶。故一壶供三人的茶，共四勺茶叶。

滚水冲茶，随即加盖，静置焖蒸，天气寒冷时，可为茶壶围上厚布巾，绝缘保温。若以马克杯冲泡茶包，则取一浅碟倒扣杯缘，充当盖子焖茶。不搅拌不扰动，让茶叶在水里自己起落，舞动，然后静下来，缓慢释出香色。

茶会自己完成自己。因而人最要紧的，就是不要对它多事。

泡茶唯有等。要得深黑色的茶汤，就焖足五分钟，使其稍微浓涩。买了个茶色的玻璃小沙漏来计时。焖茶时，颠倒沙漏，让五分钟安静地流泻。沙漏作为时计，好过电子计时器和手机闹钟。时间经过，或错过，本来就是不作响的。

候茶时，可以弄点别的事。烤吐司，煎一只蛋，或备糕饼。茶好了，倒进杯子，挑出茶包。便可放鲜乳。

坊间有茶先或乳先（Tea / Milk in First）的争论。是指杯里先倒茶，再倒牛乳，或相反。乳先有个掌故，据闻是平民的粗陶茶杯易碎，杯底先搁一点牛乳为缓冲，热茶冲下，杯子不易裂。如今茶杯大多很坚固，乳先已非必要，视个人习惯即可。

茶先或乳先，我以为这和司康饼（Scone）上先涂果酱，或先涂浓缩奶油一样，差异甚微，而是信仰问题。信仰是意志的高墙，冲撞无解。爱斗的人随他们去吧，为了自己喝的一杯茶，纠结这干吗？

倒是英国人惯用冰鲜乳调茶一事，我是信的。法式料理熬酱汁，热酱里扔一块冻奶油，瞬起乳化作用，酱汁易于收稠。冰牛乳混热茶，也是同效。因此没事不去加热鲜乳，平添腥气和浮渣，直接以冰鲜乳入茶，也很省心。

英国的乳制品质佳。从前泡茶，爱用一支海峡群岛的牛乳，产自泽西牛或根西牛，不经巴氏杀菌和均质处理，乳脂疙瘩浮在瓶顶，奶油般的浅金色。使用前手动摇晃。口感稠厚甜润，几乎是鲜味。台湾将泽西牛译作娟珊牛，数量较寡，又多采高温杀菌法且均质处理，风味已改。理想的牛乳实在强求不来，茶又每天喝，不宜太花钱，平时找几支低温杀菌的牛乳泡茶。

喝茶十年，习惯深如杯身茶渍。旅行前收拾行李，丢三落四，但总不忘捏一撮茶随身，如携常备药。到

等茶时光

任何陌地，逢荒谬情境，煮水泡茶，当场就得安置。

初抵伦敦时，学生宿舍附近治安坏，夜闻枪响，火车站里动辄有警察站成围篱一排追缉毒犯。我的房间一半陷在地下，天窗则与柏油路面平行，窗外风景，是路面人群走动的鞋。

附近小流氓，窥见窗内我落单一人，冷不防脱了裤子蹲下，裸身压在窗玻璃上吓唬我，恶意比身体赤裸。

唰一声拉上窗帘。我面上没动，走回厨房烧水，煮杯茶消气。才发现手握水壶时，指尖轻微颤抖。电水壶里的水烧滚了，噗噜噜出声响，蒸气静稳。我如常烫了杯，捏一把茶叶，冲茶，加盖去焖。然后等待。等脉搏缓下来，恐惧平定。等着茶叶在水里，起飞旋转降落。等它深浓，自己完成自己。

台北老铺茶食

长辈之中,有好多位是不吃乳制品的。而我这代八〇年代人,降生时逢经济高度发展的台湾社会,一个鼓励乳品的时代。

全球化的风吹到我们的岛上,我出生后隔年,台湾第一家麦当劳,在民生东路开幕。几年后又有了必胜客,家人初次吃 pizza,慎重以待。最早必胜客没有外送服务,因此去吃 pizza,就是正式上馆子。

餐馆设有红色卡式座位。当时吃 pizza,还搭配自助式的沙拉吧,气派新鲜。记得外婆初尝这种 pizza,她的台菜胃彻底水土不服。对于饼皮上番茄浓酱和融化起士的组合,外婆说出心底话:"这一个臭酸气,甘是坏去?"对我外婆来说,奶味是臭的。

再后来,九〇年代的咖啡馆里,大为畅销的蛋糕,是"纽约起士蛋糕",原料是奶油起士(Cream Cheese),含脂高,口感柔滑,后味是微酵的酸气。

小时候过生日,时兴订鲜奶油水果蛋糕。戚风蛋糕,抹鲜奶油,夹上罐头水蜜桃丁,顶面点缀红绿双色糖渍樱桃。观察不少人吃鲜奶油蛋糕的时候,拿塑胶小叉将奶油刮掉不吃。有人怕胖,有人则是怕奶腻。当时主流的鲜奶油原料多是氢化植物油,不算善类,每每吃它,舌尖就留下一层胶,人不爱吃,确实是敏感又警醒。

近年到外间喝茶,潮流更替成了法国磅蛋糕(Pound Cake)和来自英国的司康饼。皆是奶油制品,油脂虽看不见,实则都下得很多,口感厚重。

英国生活时期,我吃过不少司康。当时在上头堆上德文郡奶油和手工果酱,在雪天里配浓茶,非常安慰,但回台后竟失去了胃口,吃一个就上火。家乡气候湿热，又早已脱离青少年时期，身体消受不了，就少吃了。

可是若要喝茶，点心仍必须有。希望避开乳制品，回头去找一些传统茶食就得了。

我的祖父母辈，多在一九三〇年代前后出生，至今如果还在，都是八九十岁的人。乳制品在台湾普及，是二战以后的事。因此长辈们儿时的零食原料，是本土农产品。油脂来源，植物性的如花生、芝麻，动物油脂通常是猪油。若喜浓郁，是豆沙枣泥的浓郁。若求弹性，即糯米的弹性。回溯起来，都是无奶的食物。

其中一项普遍的零嘴，是土豆糖（花生糖）和芝麻糖。家族人丁兴旺，外婆买糖，是大袋大袋买，土豆仁、白麻仔、黑麻仔各一袋，大片坚果糖上，预先划好了刀痕，手伸长进塑胶袋，掰下一小块来吃。坚果糖极为脆硬，一口咬下，常不确定是牙先崩还是糖先崩了，但满口清香。

儿时且常去台北西区，沿着堤防边开车，越过中兴桥就到。去红楼旁吃沙茶火锅、"金狮楼"饮茶或

"骥园"川菜。饭后就去成都路上的"上海老天禄"。

上海老天禄的卤味和茶食一样驰名。我们的住处宁静,到西门町很能感到城乡差距,气氛特别欢乐。妈妈自己买一点老天禄鸭舌头鸭翅回家下酒。卤味带辣,是大人专利,另外放任小孩选几样零食,如笋豆、巧果、麻球和油炸徼子。笋豆是炒黄豆,很富咬劲。巧果、麻球和油炸徼子都是油炸面食,都脆硬香口。最记得老天禄的桂花条糕,糯米皮绕着豆沙馅,卷成长条,如名字一样滑腻清香。

除老天禄,宁波西街上的"刘仲记",也卖江南点心。店铺不堂皇,陈列方式像普通杂货店,货架上混卖许多大品牌的包装零食,其中要找到印着刘仲记商标的,才是店家自制品。读王宣一的《国宴与家宴》,其中讲到上海女士们嗑的小小玫瑰瓜子,此处便有售。

刘仲记招牌的芝麻、玫瑰酥糖,和椒盐桃片,光是包装就足以迷人。以玻璃纸和白报纸,将三块酥糖扎成一个小方包裹,白报纸表面,红色油墨印刷手写黑体,很拙趣。我将糖吃了,包装纸剪下留念。

玫瑰酥糖是麦芽糖层层卷起松散的白芝麻粉和熟粉，熟粉指蒸熟的米粉末，说它酥，并非真的脆硬，而是糖在齿间碰化了，那种韧里夹脆。玫瑰水香气幽幽，混合芝麻细粉一块融化。单吃很好，但泡一壶清香系的茶，如龙井如东方美人，或是台湾杭菊，搭配着吃，口感则精妙。

刘仲记的花生糖和芝麻糖，种类相当多，俨然坚果糖专家来着的。其中有一种中西混合版本，风味迷人，叫白脱花生糖。

白脱糖的白脱，是一种老派命名，其实是butterscotch，乳脂脆糖。此糖极脆，焦糖味中有明显的咸味，用现代话翻译，即盐焦糖奶油。此物危险，热量高得仿佛能自燃，虽然知道，还是一面左手打右手，一面捏下一块糖吃。

若更豁出去，买来刘仲记的白脱糖，稍微加工，将品质上佳的苦巧克力隔水融化，浇在糖上，待干。派对上呈出来，无论在美味程度或热量上，皆不逊于法国工艺级的糕饼。

四处张罗来台北城里的老派茶食,有时拿来送礼。

到迪化街百年老店"高建桶店",或"林丰益商行",买几个带盖竹篮。放一盒大稻埕"有记茶行"的奇种乌龙,或"林华泰茶行"的日月潭红玉,再填满小糕饼,拼配"刘仲记"的玫瑰酥糖、椒盐桃片,和延平北路"龙月堂"的台式绿豆糕、咸梅糕,两家皆以白纸印大红字包装,皆古朴可爱。若图吉祥意头,再加上一只"李亭香"的金钱龟,花生软糖塑成小乌龟,背上还写寿字,长得特逗。几家老字号,相加起来数百年历史,一盒子故事可说。

如今熟悉马卡龙和国王派的人,比熟悉咸梅糕的人多,我觉得可惜。请朋友体验这批古典的美味茶食,将之当成全新口味来享受,是一个老派台北女子的心意。

摩登土产凤梨酥

身为台湾人，吃过的凤梨酥是数不清的，但"意识"到凤梨酥的时刻，反而不在母土，而是他方。

出发到英国前，备凤梨酥和乌龙茶作为礼物，或说，作为一段开场白。亚热带岛屿人民，递上一块以热带物产凤梨作为馅料的甜糕饼，有助于短时间内，与异乡人交换风土。

台湾传统糕饼种类多，偏偏凤梨酥拿来外交甚广，猜测原因，其一是许多洋人吃不惯咱传统糕饼里的红豆沙绿豆沙，许多文化里，豆类应是咸食。而凤梨果肉入馅的凤梨酥，味道容易想象，兼附热带情调。再说饼壳是奶油酥皮，是西式配方，不算陌生滋味，容易接受。此外凤梨酥保存效期久，也是明显长处。

送人多了，自己也吃，从外部向内观察时，发现凤梨酥虽然常被划在传统糕饼的分类，但追溯起来却是本岛物产与西洋灵感的混血发明，是摩登的土产。

说它摩登，一是由于模样，二是食材。

说外形。本岛传统糕饼世界，外观华丽者多有，如绿豆糕或婚礼大饼，自印花木模型里扣出来，面浮立体纹饰，寿纹"囍"字花鸟虫鱼；油酥饼皮者如绿豆椪，则红印落字或朱砂一点。纹饰有祝福意味，红印有说明的任务。

而凤梨酥，虽偶尔出现其他形状，但长方形仍居多，是两口能吃完，金黄绒面的一个小枕头。十年前旅居伦敦，室友母亲从台湾寄来一大盒板桥"小潘蛋糕坊"的凤梨酥。当年包装可谓直截了当，今日的单片包装、缓冲塑胶隔层全没有，饼贴着饼密密麻麻填满一盒，飞越九千多公里到伦敦二区的小公寓内，开盒竟无一片破损，可见直线修净，宜重叠利收纳，简直一块形随机能的现代主义饼。

无人察觉凤梨酥，它长得太简单。我们是多么乐于装饰的一个社会，不知怎么竟放过了这种饼，任它极简到毫无线索。肚里换了其他馅料如草莓馅水果馅，或是馅子里藏咸蛋黄，面上永远相同，不多解释。因此我吃不了外形花里胡哨的凤梨酥，心形的显得多滥情，凤梨形太直白，台湾岛形状的又太本土主义，都没好过方形。

再谈食材。我在英国好友之一，是八十岁的艾伦叔叔，艾伦初次尝到凤梨酥时，皱眉思索，尝试筛选出经验里的词汇，结论是这件饼，像苏格兰奶油酥饼夹入凤梨果酱。我以为这虽不精确，倒颇传神。

凤梨酥的祖先，是凤梨饼，传统的结婚大饼项目。以和生饼皮，裹凤梨冬瓜馅，有圆形和方形式样，都是多人分食的大尺寸。后来的凤梨酥，改制成小方块，饼皮初期采猪油，后来才改采奶油饼干面团。主成分除了奶油、面粉和鸡蛋，更下奶粉或乳酪粉等，强调奶味。

混血凤梨酥,饼皮有乳香,馅料稠黏,土生土长却风格洋派,是折中主义的新产品。自此离开其他古典糕饼队伍,走上了自己的路线。

后来我们更见证了凤梨酥的历史时刻,即"土凤梨酥"的发明,其内馅纯由土凤梨熬制而成。土凤梨名字里虽有土字,其实亦非原生种,而是二十世纪初才由日本人引进的夏威夷卡因种(Cayenne),酸度鲜明,制成饼馅后仍富纤维,也讨人喜欢。

土凤梨酥本来自成一格也就是了,不料传媒追捧过头,反过来清算传统凤梨酥内馅里的冬瓜馅,对此多讪笑,得出"凤梨酥中无凤梨"的结论。几十年资历的凤梨酥,一时倒成了赝品。众人不论是否曾经真心去爱,都像被欺诈了感情。吃饼这种快乐事,也能弄成二元对立排除异己,说来是本岛诸多撕裂的一种。土凤梨多纤,加入冬瓜馅,立意是平衡纤维扎口,增添柔润口感,可谓体贴,被说成这样也真是的。

土凤梨酥面世至今,晃眼都十余年。犹记当年大浪，仿佛天下饼铺全往土凤梨酥去钻研，我担心过从小吃到大的冬瓜馅凤梨酥再也回不来，幸好浪头过了。今天的凤梨酥，有土凤梨和金钻凤梨，纯凤梨馅的有，不同比例加入冬瓜馅的也有。人们吃自己舒服的凤梨酥，理直气壮地拿它赠礼，在凤梨酥的经验上，台湾人更老练而多元，但愿社会亦如是。

香港上环福建茶行

新旧茶盒与茶罐

台北茶食集锦

龙月堂与刘仲记的糕饼与酥糖

辑五

南洋旅次

暹罗航道

　　这是唯一一次海外游历，仅我与妈妈，没有其他家人同行。

　　当时妈妈罹癌，确诊即四期。两周化疗一次，每回住院三天两夜。病人与家属，是在满天大雾中相偕前进。全程终点未知，前路忽明忽灭。

　　治疗届一年，只有我经常陪在医院。跟我妈聊天时，给她出了馊主意，趁她体力可以，不如一起去趟短程旅行。我串行程，她换个地方透透气。到这时候，病人和陪病的人都相当乏了，于是夹隙出逃，母女俩短暂背向现实，病里装傻。

目的地是泰国。航程短,加上我去得熟,能确保病人的旅途平顺一些。此行重点在曼谷的唐人街,以及探望世交蔡氏一家人。

妈妈起初踌躇,并非考虑自身安全,竟是她这样一个病人四处乱跑,恐怕被人说话。反复想两天,才心一横地答应。我即刻订票,让她不易反悔。本来不懂一个病人,怎么还要去配合他人期待,但妈妈要旅行的消息传开,果真有家族长辈当面数落了我和妈妈一顿。病人要像个病人,应在家待着。妈妈一个年近六十的人,站着听训,面上维持着文静而抱歉的微笑。人言真的相当可畏。而我妈的修养,不知道怎么练的。

妈妈是家族长女,毕业即在家族公司上班,到因病退休。一生不曾离开娘家领域。家在郊区,生活封闭且移动不多,我妈相比同辈女子,更温良恭俭让。行动上是个旧派人,好在思想并不陈腐。

她在年度记事本里,详细抄写每位族人的生日与忌日,收派全家邮件;年假从没休完,但逢年过节,必提前请假,回婆家帮奶奶剁鸡;每年初一早上,自发打越洋电话，给泰国的世伯，和独居的姨嬷拜年。

善良的人未必能干，能干的人未必愿意。偏偏我妈既善良能干，并且愿意。人们后来说起我妈，就是好女儿好大姐好太太好妈妈。褒扬她胜任的身份，如认证一辆高性价比的车。

如此甚好，需要以乖来换。缩小自我，扛起日子。像张大伞般独支着，身边无论是谁，自然都凉快得多。

命运偷袭了我妈。一生乖到底的人，也没能幸免于难。一辈子为别人活，老天今要收她的命。大病之后，我感觉妈妈从全乖剩下半乖。对于人情约束，虽不拂逆，但也不忍了。

我们从湿寒密雨的台北起飞，降落干燥炎热的泰国首都。仿佛前往的是广义的曼谷，实际只有曼谷的旧城区，见老朋友。或者到底我们哪里都没去，而是在唐人街耀华力路（Yaowarat Road），世伯蔡叔公的家，妈妈自己的少女时代里，重复起降。折返。且走且回头。

耀华力路在曼谷西边唐人街里,朗朗的五线大道,单向,笔直,像飞行航道。耀华力日夜不睡,自成一城。金铺巨型霓虹店招,潮州菜馆漆红圆柱,通街流动摊贩与地面如毯的密集车灯,搭造出立体舞台布景,人声扰攘,气味糅杂,亮晃晃的永恒盛世。

我们乘车穿越曼谷恶名昭彰的交通,到耀华力来。由于塞车,得以细读街景,缓慢入境时光凝止的往日华城。耀华力路不仅是条一里多的大道,它且为一种区域象征。在曼谷叫车,以泰语说 Bai Yaowaratka(去耀华力),师傅即知往一个大范围去,涵盖耀华力路、三聘街、石龙军路及其间脉生的街巷。

耀华力浑身旧渍,却毫无疲态。数十年来新楼不长,老屋不粉刷,由它去颓;烧毁的银楼,留着焚黑的铺面,门前的小贩照做生意,早晚人潮叫卖不绝。一股顽强生气,在破败倾颓的边上,笙歌不歇。

十八世纪至今,此区聚集数十万潮汕移民。家户悬有漆黑朱红的木匾,嵌中泰双语描金大字。字面读来,懂是懂的,遣词用字却是清朝语境。多处仍称泰国为"暹罗",曼谷为"泰京",街上有"旅暹同乡会""京都大饷当"种种。华文报纸上仍称泰王"皇上",愿他"圣寿无疆"。我们叫沙琪玛的点心,当地叫"芙蓉糕"。

妈妈与耀华力,显然是故旧相逢,是少女的自己复归来见。

街上的一切,如食物、茶器、成药包装,都让我妈仿佛擦开火柴般一瞬放光。她精神抖擞,不似病人,倒像少女。

我认识我妈的时候,她早已是妈妈了。因此关于她的少女时代,须透过描述,和少数相片拼凑。模糊地知道,在她尚未被生活劳务及财务重担磨蚀成一个疲惫的中年妇人之前,她就是个珠玉般亮晶晶的聪明少女。

妈妈的家族经营制造和贸易生意,外公五湖四海的朋友里,许多是南洋华人,分别定居于泰国、印尼和马来西亚。我妈长得白净讨喜,天分又高,能将一些老菜烧得好。因此少女时期备受南洋长辈们疼爱，今日家里尚留物证。

有一件裙，腰身特细，是少女妈妈的体形，以印尼手绘蜡染布料裁制，料子挺，色彩浓丽，是在印尼和大马经营橡胶园的世伯所赠。我妈产后身形大变，遂将裙子留给我。可惜女儿长大却一点不瘦，仍穿不了，至今收在衣柜里。

另外一位，就是蔡叔公，定居曼谷的泰国华侨，祖籍潮州。

我妈结婚，叔公捎来黄金托盘。盘缘镂花，面刻泰国佛历年份。我妈将之层层包裹，收在厨房深处，宴客时才用来敬茶。得知我家兴建新屋，蔡叔公又赠厚礼。请清迈工匠，定制八件成套的柚木家具。五椅三几，以龙纹、花鸟纹和寿字纹，双面透空雕刻。制程经年，才从泰北运至曼谷出港，费数月海运到台湾，心意隆重。

无形的赠礼，则是技艺。

蔡叔公教妈妈泡潮州式工夫茶，因此当她在耀华力路六巷里一餐具店，见到暹罗锡制的茶盘时，立刻被吸引入内。

过去外公几上，老摆一套相同的茶盘。亮银色，圆形双层，上为镂空浅盘，下为封闭容器。圆周有手工敲凿的花纹。妈妈取一小瓷杯，侧入另一杯里，手指转动，茶杯就绕起圈来，是工夫茶烫杯的姿势。

这家店的掌柜，是模样斯文的中年潮州华人，原在读报，见我妈手势熟练，趋前招呼。对谈以英语夹少数潮州话。妈妈赖我翻译，但闻对话里几个潮语关键字如"工夫茶"，发音雷同闽南语，她便会意一笑。

耀华力的金铺和药房多。妈妈盯着药房橱窗，指认历历。

从前蔡叔公，或他的长子阿顺来台湾，携带许多当地老字号药品作为赠礼。如"五塔行军散"或是"猴桃标白药油"。我家有个抽屉，装满这些南洋灵药。

"五塔行军散"是药粉，绿红相间箔纸包装，专治腹泻。

"猴桃标"则是一种白色药膏，圆扁形锡盒，印着猴子捧着桃子的插画，图案很傻。几十年没有改过包装。我们家管"猴桃标"叫"猴膏"，儿时遭蚊虫咬伤，我妈就取猴膏，替我们在患处揉一揉。薄荷油凉香习习，很快镇定消肿。由于迷信猴膏，我后来每去泰国，就买齐大小五种尺寸，最大的有酱碟大，最小的只有一块钱硬币大小。猴膏用不完，也要常备，不时能将儿时温柔，敷在成年后的伤口上。

曼谷华人，祖籍潮州者最为大宗。潮菜经典菜色之一，是卤鹅，因此曼谷颇有好卤鹅。旅行中我妈不忌口，因此我们来曼谷，必找鹅来吃。

从前飞航安检宽松，蔡叔公来台，会将曼谷吞武里名店"蔡钦兴"的卤鹅手提上机，直达我家餐桌。另一位住香港的潮州世伯，则将家传卤鹅的配方传给我妈，她将之详细抄在旧香港六国饭店（今六国酒店）的信纸上，那是一九三三年开幕的老饭店，当年位置滨海，纸头印着戎克船入港的插图。

我有一片记忆，儿时陪外公至八〇年代的台北建成圆环"醉红楼"潮州菜馆餐聚。入夜的圆环周边霓虹熠熠，车灯通亮如白昼。外公腿力不好，舅舅在街边暂停，让老小先落车，后方车辆的喇叭大鸣，可见拥挤。记忆光景，对照今日圆环，痕迹都不剩。

倒是醉红楼今日尚存，迁至八德路的大厦二楼。老板将餐厅开幕时的相片摆在柜台供人翻阅，相片中，餐厅门面的水族箱气势大，女侍们穿大红旗袍，在门口一字排开。除了与我的记忆完全叠合，且片段再现了鲜烈夸张的八〇年代。

曼谷耀华力路上的"老陈著名卤鹅"，夹在两片屋墙中的斜巷里，连店都算不上。一早起卖，过午架上全空。卤水的蘸汁，传统是用蒜泥白醋汁，老陈还放辣椒和香菜根，是潮泰混血风格。老陈鹅卤得透，老卤的复方香料气味深邃。

妈妈许多年没尝到手艺上乘的潮州卤鹅，一时仿佛非常富足，笑眼弯弯凑成细缝。

陪病初期，我将日常餐食弄得极为清淡，知我认真，妈妈一路假装配合。如今回想起她在曼谷吃卤鹅时笑眯眯的脸，心里便酸。为了曾经勉强过妈妈，不能使她的最后时光更恣意一些，我后悔不尽。

离开耀华力前，再买一点糕饼茶料带走。

"郑老振盛中西饼家"是百年饼铺，主售潮州式朥饼。店址在"泰京耀华力路天外天街西河楼下门牌四号"，又一次古典语境。街上烈日如焰，显得店里色泽深黝陈年。圆弧形玻璃橱柜上方，折成形的饼盒堆得比人高。各色糕饼在大银盘上叠起。

老板娘能说华语，短暂交谈后，向她买几件朥饼和五香咸豆沙饼。

招牌朥饼有碗公大小，金黄酥皮，拓郑老振盛大红印。豆沙馅柔润，仿佛能掐出油来。广东人讲"朥"，就是猪脂。如今人们一闻猪油就惊怪，因而台湾不少传统饼铺，改用奶油制饼回应市场，仿佛进步。可是怎么用油，用什么油，是文化的事，奶油替代猪油，是西化，未必等同于进步。总之油脂一换，汉饼有体无魂,不妨当成新产品来看待。

我家对猪脂深信不悔,理想的猪脂气味纯净,稳定少烟,且烘饼更酥,我们不恨它,且颇为怀念。郑老振盛的朥饼,是味道的活化石。馅子里有瓜子仁、冬瓜糖、咸蛋黄,口感奢华。我们将饼买回旅馆,切分成略大于方糖的细块,搭配浓茶来吃,饼在舌尖上精巧地化掉,余味非常干净。

抵达曼谷多日,才会合蔡叔公一家,显得见外,但实在是不好意思。蔡家十分念旧,妈妈上一趟访曼谷,蔡家全族三十多人来接机,处处请客,还为在台湾的我们一家老小,每个人都准备礼物,吓得我妈赶紧在唐人街订几桌酒席回礼。这回不敢惊动他们,到当地安排妥当,才去电联系。

叔公高龄八十多,派长子阿顺来接。阿顺曾长住台湾,像妈妈海外的弟弟。两家数十年往返,三代人交情。用叔公的话说,是"家己人"。"自己人"这个词,在潮州话和闽南语是互通的。

阿顺见我妈，高兴只一瞬，随即发现妈妈消瘦得有些不祥，忍不住追问。妈妈惯于亮面示人，绝口不提病情，便声东击西将话题支开。

曼谷阿顺与我妈的台湾家族，须说回七〇年代。

当时家里与东南亚贸易频繁，蔡叔公生了十五个孩子，长子阿顺被重点栽培。中学阶段，每年送来台湾住几个月，在台北、台中几个工厂实习，学修理机械、制锁、发泡保利龙和气球。用现在的概念，类似打工换宿。

初来台湾，阿顺只讲泰语和潮州话，沟通不畅，有点难熬，每天以铅笔在墙壁上画一道，倒数返回曼谷的日子。几个寄宿家庭里，他独独偏爱我们家，因为伙食好。家里人多，时常宴客。日常饭菜，丰盛如普通家庭过年。

家族的同辈小孩有十多个，当时还有其他寄宿的华侨后代。日子一长，大伙儿玩开了，这个家族，就真正成为曼谷阿顺的台北故乡。

两地往返超过十年，阿顺手艺学成，返乡开了气球工厂。营运上轨道后，仍时常来台探望他的寄宿家庭，每回在我们家里住上个把月。

我从小记得阿顺，是由于气味。

通常在夏天，嗅得屋内一股椰子香气，就知道阿顺来了。他总是做一道甜糯米饭。将香兰叶扎结成束，入椰乳熬，其中加糖与少量的盐。产自泰北的长糯米蒸熟，拌入椰汁。过程芳馥，米饭甜而黏稠。

长大后我自然就知道，椰饭与鲜切芒果及绿豆仁酥一起上碟，就是经典的泰国甜点芒果糯米。但是当时无配料，空吃椰子甜饭，也觉得非常美味。

蔡家在湄南河西边，妈妈相隔多年，才再见到蔡叔公，以及阿顺家里众多手足，双方都很高兴。我初访蔡家，发现两家人有许多相似处，比如家族成员的住家，都围着工厂，住成一个村落，公私不分，而亲缘紧密。

叔公八十多了。老些，缩小些，但仍朗健。妈妈一见他，很亲熟地挽着他手臂，两人坐在长榻上聊许久的天，很快乐地回忆我外公外婆，聊叔公的妻子小孩，聊潮州菜。侧看我妈这样的女子，周到厚礼，还真心不虚，我怀疑以后还有？长辈缘是多么抽象的特质，但我见过最具体的一个，就是我妈。

距离上回见叔公，将近十年，那是外公的奠礼。

叔公与阿顺，在奠礼前一日赶来，会场正在布置。外公从前每年夏天，就酿上一年份荔枝酒，每餐定量饮用。自酿酒也拿来招待客人。我们将库存的余酒，装成小缸，赠予来送别外公的故旧。另外从埔里运来大酒缸，充作会场花器。

叔公一身黑西服，站在礼厅外，隔几十公尺，凝视被鲜花围簇的外公遗像。

外公的遗像是我挑的。没用近照，选了他五十多岁时，在一场婚礼上的半身特写，大家皆同意那最像他。盛年的外公着深棕色西装，系泰丝领带，神气。当时正是他社交最密时期，外公和叔公在那些年，时常越海相会，吃曼谷卤水，佐台湾酒。一起抽很多烟，有过无数饮宴。

叔公远远盯着遗像,目光遥长如隔大海。他不言不语,一腔心事。时光是大海。

我的妈妈过世,在我们的曼谷行一年后。电话报丧到泰国,阿顺偕幺弟阿泰来送。又是一场奠礼。又是两男子黑西服,神情遥远站在厅外。

蔡家此辈有十五个孩子,长子阿顺和幺子阿泰相差二十多岁,因此阿顺与我妈妈同辈,幺子阿泰只大我两岁,如我的同辈。阿泰全然是新派泰国华人,已不会说潮州话,对我以英语说:"我上回见你,十岁,大概这样大。"手停在胸前。

丧礼结束,在餐厅设了散宴。蔡家兄弟被频频劝酒,后来几乎喝醉,两人模模糊糊中,将在意的话讲了又讲。两家人到了三代,长情难得,不要疏于联系,未来也不要走散。

后来阿泰偕妻子,来了数趟台北。我和弟弟带他们上"蜂大"喝咖啡吃桃酥,西门"金峰"吃卤肉饭,饭后再去西门町的"杨记"玉米冰。外公与蔡叔公往年是大宴小酌的兄弟交情，两家年轻的一辈，则到处小吃，视讯拜年维系感情。

又两年。我独自重访蔡家。

阿顺开车来接，蔡家大姐学过华语，随车翻译。叔公坐在副驾位置，面色红润，行动自主，然而唤他不应，几不说话。眼色清明却无视当前，仿佛去了远方。

年近九十的叔公的记忆如水上沙洲，随潮汐偶尔浮出，更多时候陷落无痕。大姐说，近两年叔公寡语，有些子孙的名字都记不得，难得出声，竟问起我去世多年的外公："柯伯伫（在）台湾有好无？"

二〇二一年初，新冠肺炎疫情影响全球已一年，台湾地区和泰国皆有防疫管制。脸书上得知蔡叔公过世，高龄九十一。照片中幺子阿泰双手合十跪在床边，叔公更衣完毕，照片仅露出他笔挺的西装袖口。我们心疼，然而参加不了丧礼，只能打电话，传长讯息致哀。

叔公过世，代表他们一代人，全部过去了。

先人先行出境,后人仍在途中。这两家两地三代人,未来还会反复起降,折返,且走且回头。续写蔡家的台北故事,和我们的暹罗航道。

香气的总和

过去十年，泰国去了岂止十趟，多是访亲友。其中北方古城清迈，去七趟还是九趟已算不清，每回待上一两个月。造访太频，日子又长，心里便认泰国是第二个家乡了。

视某处为家乡，是很私人的事。家乡或可是一个文化体，一张餐桌，一串人名。是以经验或记忆来圈画疆界，毋需护照，或任何人批允。

肉身有记忆，能辨识特定空气湿度，和风中流动的气味。愈抽象飘渺，愈清晰牢记，隐私类似，不易言说。故念及伦敦，就记起地毯上灰尘的甜味。在欧洲公差一段时间后返台,走出航厦,闻濡湿的莽莽泥土草青气,便知一点不错是台北。

气味之玄,在于不得见。荷兰书籍装帧设计师伊玛·布(Irma Boom),曾为香奈儿五号香水设计过一本无油墨之书,内页图文以凸版加工,压纹浮于薄软纸面,可摩挲,有光有影时,亦可阅读,但远看就是白纸一张。装帧师说起设计时的念想,云淡而当然:"因为气味的确存在过,只是肉眼不得见。"

存在过,而不得见。气味召唤记忆,瞬间接引至经验中的某时刻某现场,如沉眠中惊醒,猝不及防。

而我记起泰国时,总是一片香。

佛祖搁在膝上的手指,女童的发髻,车阵中狂飙的铁皮 Tuktuk 车后照镜上,都悬着成串茉莉香花结,气味随风曳动。泰国当地有质地上佳的茉莉香米,炊熟盛于竹篓,嚼着嚼着会由远至近,渐递地甜香起来,香过茉莉。更有香茅、南姜、柠檬和疯柑叶,它们是冬阴功汤(Tom Yam)的基本组合,它们且无处不在。

泰式料理中,香气是光影。很多时候你不真的吃着它，而是被它的投影所包围。香料们时而隐约幽微，时而飞扬明亮。在冬阴功汤里，在咖喱酱中，在鱼饼里，在日子里。奇异的是，一旦闻得这些香气的组合，于我就起安神作用。泰国人对于香气安神这样的事，特有心得。泰国有各种形式的香料嗅瓶（Herbs Inhaler），将浸过油的混合干香料放在瓶子里，廉价的用塑胶瓶装，精致一些用玻璃瓶。随身备着，用以醒神通鼻，其他文化少见对味道倚赖至此。我的泰国时光，伴随各种香料气味，积沉在身体里，缓慢宁定，是神秘而近宗教式的经验。

夏季在台北盆地和泰国同样炎热，但我城多湿，使得热不只是热，是又热又烦。在此天候，想过一份干松的泰国日子时，就取香草做菜，让气味在屋子里飞。

其一·香茅细用

新鲜香茅在一般市场上不多见，需要使用时，便往中和华新街的菜场里，找一位老妇人自家种的，没遇到人，才去泰缅华侨的店铺里买冰箱里的。香茅在泰国倒是四处生长，貌似杂草。主妇们做菜，就到后院摘一把，不费钱。

见过旅居欧洲的泰国人往返两地，揭开行李，半箱都是泰国自家种的香茅，珍重地以塑胶袋重重封妥，冻在欧洲家中的冰箱里，慢慢使用，撑到下一趟返乡。可见香茅重要，必须常有，心里才踏实。

香茅的英语是柠檬草（Lemongrass），质地硬韧，气味似柠檬。香茅气息比起柠檬的鲜爽，要木一些，拙钝而温和，入菜时常常又拍又捣，或切成细环，几乎有点强迫它，才慢慢出香。

因此将香茅捣成酱料，很是常见，红咖喱、绿咖喱、玛莎曼咖喱的酱，还有泰北烤鸡的腌料，都用上它。其质太韧，捣起来稍微费时。当然也能用食物调理机轰地瞬间弄碎，虽然速捷，但缺乏过程，且会瞬生狂暴的声响。

香茅入研钵前，先以刀切细再开始，否则捣太久，手还没废,心就先累。选择慢慢捣碎而不用机器,倒不是特别有闲,而是因为这样比较香。香气是化合物,时溶于油,时溶于水,将香茅研捣成酱的过程,浴浸在香气洋溢的厨房里,是感官享受,随手腕起落的固定节奏,慢慢集中专注,心里嘈杂的念头,一时也淡静下来。

都会女子杂事多,未得时间去捣咖喱酱时,便拿香茅熬汤。容易成,又能领受气息。香茅切成段,重击两下使其稍微裂口,和南姜数片、香菜根、疯柑叶一块入锅,综合的气味便溶于水中,随蒸气团成香雾。

这汤里,搁海鲜或肉类固然不错,但有时仅投入数种菇蕈,几截香芹,番茄几片,做蔬食汤品,那是非常淡爽。其实这即是清汤版本的冬阴功汤,原料基本相同,只是不搁椰乳。泰人说法是,椰乳易腐,入汤后若无当餐喝完,热天里,动不动就坏了。

其二·撕疯柑叶

有些香是朦胧的，团块似的，雾的。但疯柑叶不是。它近乎柠檬的香气，清晰而尖细，是料理中的高音，颜色里最锐的青绿。台湾以前称之"麻疯柑叶"，原因是果实表面凹凸，似麻疯病患的皮肤。这命名无疑是歧视。若从俗地跟着喊，而不觉有异，很是可怕。所以我自己叫它疯柑叶，亦名泰国柠檬叶（Kaffir Lime Leaves）。这种柠檬果实，皮厚且皱，榨不出太多汁液，然表皮和树叶有烈香，东南亚各国菜系中多用。

疯柑叶也是泰人做菜时，窗外随便捻摘两片即得的日常香料，但因为新鲜叶子在台湾不容易买，所以每去泰国，友人相赠一整叠，就带回来严实封上好几层袋子，存放在冷冻库里，使用时还是好过干燥的。

疯柑叶一整片入汤或咖喱是常有的，泰国人用它时，会稍微对折叶片，捏着叶柄撕开。撕开疯柑叶是个迷人的动作，开启盒子似的，浓香窜出，沾在手上，指尖都染有凉爽的气味。

因为特别着迷疯柑叶的气味，我有时做 Kua Kling 这道菜。

Kua Kling 是一道泰国南部的干炒咖喱肉末，是特别香辣下饭的菜色，且疯柑叶大量地用。当地以绞肉来做，牛肉猪肉鸡肉皆可。我在家里若得三层肉或猪颈肉也用，切薄一点，炒起来添脂香。干锅将肉煸炒至出油，入咖喱酱，炒到香气起舞，入鱼露椰糖调味，再入切得极碎的香茅嫩茎，和切成细丝的疯柑叶，将肉炒熟，香料出味即成。起锅前，缀以大把辣椒丝，和一把疯柑叶细丝。铬黄色咖喱、翠色疯柑叶、艳红辣椒，香烈奔放烫舌。

其三 · 芫荽根

冰箱里总是有芫荽，因为天天用。芫荽易烂，菜场买回来，拿果酱罐盛水，将芫荽养着，用塑胶袋子套住叶片存冰箱里，可养上两三周。

将芫荽整株捧起来嗅，会发现气味最浓在根部。台湾人切芫荽，根部弃之，连茎带叶切碎，放面线糊上，或臭豆腐上、贡丸汤里。热爱者有，深恨者亦不少。我儿时就是恨它的，芫荽混在面线糊里要是撇不掉，整碗就不吃。长大后长见识，觉得什么都好吃，最不爱的最后都爱上了，可见爱很难说，不要铁齿。

可芫荽根是泰国人的神奇宝贝，埋伏在众多菜色中，有时被捣碎得不成形状，或和其他香料混合，是料理人公开的密码。它仿佛丛林的、带湿气及泥土气息的异香，自己声量饱满，与他人合音亦谐。

用芫荽根之前，要将根部的泥土洗净，光用水冲洗不够干净，需稍微用指甲刮除泥尘，露出牙白色的根部，此时幽香缕缕，是洗菜时独享的礼物。芫荽根的用法多，向泰国友人学来的做法之中，我最常拿来做海鲜蘸酱，后来连台菜也放一点。

比如熬排骨萝卜汤时，清水先入一株芫荽根，几粒煸过的白胡椒（灵感借自潮式白派肉骨茶），才入飞水过的排骨。肉还没熬透,先将芫荽根捞起,免其糊烂,一层芳馥的香纱,就会隐隐融融地没入肉汤。那气味如记忆,仿佛有,仿佛没有,始终说不清楚,但确实存在。

钵与杵

在新加坡的泰国菜馆 Nana 里吃饭,与泰籍友人树小姐聊起钵杵。

眼前二菜一汤,有凉拌青木瓜、猪肉末沙拉 Laab、东北式酸辣排骨清汤。

树小姐问:桌上食物,哪几样用了磨杵?

青木瓜沙拉必须用;Laab 里重要的香气,是干锅炒熟再研碎的糯米与干辣椒,也用上磨杵。我答。

"所以排骨汤没用上吗?"经她一问,我有点动摇。

她舀起汤里的辣椒,让我看仔细。辣椒边缘破成叶状锯齿，不是刀切出来的，也是磨杵舂碎的。

树小姐来自泰国北部清迈，一家人厨艺高超，她的二阿姨 Sao，随英籍丈夫艾伦叔叔移居英国滨海小镇三十年，旅英时期，蒙他们夫妇俩诸多照顾。

初次到 Sao 阿姨家吃饭，桌上是我从未尝过的泰北菜色。台湾坊间的泰菜，跟泰国本土的差距本来就远，更何况台湾主流的泰菜，较接近中部曼谷一带的菜色，糖用得多，椰乳也多，与泰北和东北部的菜色不同，眼前是一桌的全新事物。我学阿姨，手捏起一团糯米，配瀑布牛肉 Neua Naam Tok 吃。

阿姨用沙朗牛排做这道菜，煎至五分熟的牛排切成薄片，与红葱头薄片、葱粒、薄荷叶拌匀，调味以鱼露、柠檬汁、干辣椒粉，关键食材，是糯米香粉。将糯米炒成褐色再研碎得来。这世上有这样的菜系，既浓郁又鲜香，繁复而轻盈，我一吃成迷。

明明是初来访的客人，却毫不羞赧地酣畅大吃且反应夸张，逗乐了一向很有个性的 Sao 阿姨，点名我可以每周到她家吃饭。而我日后还真的时常上门。

Sao 阿姨的厨房不大,大约只两平方米,是姨丈艾伦为她亲手搭建,木墙钉层板,干辣椒粉等干香料排成一列,面向后花园的走道上,透明屋顶搭成温室。温室里种几盆鸟眼辣椒和各色香草,可以随时取用,另外摆一座上掀式冰箱,用以冰存她每年返回泰国时,带回来的巨量香茅。她以厨房重建家乡。

她每餐轻松搞定丈夫的香肠薯泥、培根三明治,但这些英国食物,她自己吃得不多。移居英国三十年,Sao 阿姨仍然一大早就吃辣肉汤米线 Khanom Jin Naam Ngiew,而不是吐司抹橘子果酱,其他时间不懈地灌制泰北香肠,腌香茅烤鸡,每天都要吃糯米。Sao 阿姨的厨房是封闭而时光凝止的泰国宇宙,是鱼露、柠檬和莱姆叶的气味,存在感强烈,经年不散。

在 Sao 阿姨的厨房里,没有白吃的好菜,必须跟随她劳动。第二次上她家玩,阿姨就将一个巨钵摆我面前,让我将所有的烤花生米捣碎,要熬成沙嗲的蘸酱。她的钵不同于多数泰国家庭用的陶钵或木钵,而

钵与杵

是金属制的,超过四十公分高,厚实沉重,遭遇地震恐也不移半寸,若砸下来则完全是一凶器。

这儿的问题是,花生酱为什么要用捣的?阿姨有食物调理机,她用调理机打鱼浆做鱼饼,但花生酱却要用磨杵,这道理我捣完才明白。新手直到上臂酸麻,成品才让阿姨满意,成品是极细的颗粒而非糊状,香气更佳,颗粒粗细不均,口感也丰。接下来每回造访,我又捣了糯米、青木瓜沙拉里的蒜仁虾米和椰糖、腌鸡的香茅糊。常常是我一面捣,阿姨在一旁投入其他材料,我成为一个半自动人肉手臂,或一台更聪明灵活的食物调理机之后,慢慢习惯使用钵杵。

泰国菜里,磨杵无处不在。名厨安迪·瑞克(Andy Ricker)开的泰菜餐厅,命名为 Pok Pok,即是以钵杵舂捣食物时,发出的声响。钵的材料主要有几种,高深的大陶钵或木钵,可以捣拌青木瓜沙拉,或是咖喱酱糊;小的石钵则用来研碎干香料或香草,亦制少量蘸酱。

甚至有一个再泰国不过的择偶方式,就是听一个人操使磨杵。视节奏急或缓、柔或烈,推测对方的性格。

不只泰国,许多文化里都用钵杵这种古老工具。

约旦瓦迪伦沙漠中的贝都因人,用大铁勺在火上烘咖啡豆,接着用金属磨杵,添上小豆蔻一块磨碎。磨杵发出的声响,恰好告知四邻此有咖啡,欢迎邻人也进帐篷来享用。喝咖啡时的礼节为举杯三次,一敬自己的尊严,二敬人生,三敬贵客。

而在台湾,到中药铺买一点腌醉鸡的药料,都会将红枣搁小钵里敲两下,使其破出小口,在酒汁里释放味道。然见识泰国人泛用钵杵做菜,就知道那不仅是厨房里的重要工具,而是根本不能或缺的工具。

泰国菜中红咖喱绿咖喱黄咖喱,都是湿酱料,此外像青辣椒泥 Naam Phrik Num 这类的蘸酱有千百种,酱料经由磨杵研制,永远更香。经过撞击摩擦生热,将精油萃出来。香辛料如蒜米辣椒、带根芫荽,或疯柑叶的烈香,层层融合、叠加在钵的圆弧底部,成为泰菜深邃滋味的基础。

用磨杵是手眼一起的劳动，控制手劲，即能将食物研成不同粗细的纤维，速度慢，眼睛可以观察。许多过程，食物调理机就能飞速完成，然香气大逊，制量不多时，还沾黏在容器和刀片上，平白浪费。

返台以后，像凉拌青木瓜这样的菜因为备料不易就不做了，想念起来，就到令人信赖的泰国餐馆里吃。餐馆的泰国阿姨有一张严肃坚定的脸，亦很坚定地不跟台湾人甜软的味蕾妥协，搁辣椒从不手软，剥剥剥剥地专心捣制青木瓜丝，垂眉敛目神态极似 Sao 阿姨。

但家里仍备一组小陶钵，以便时常制造心爱的酸辣海鲜蘸酱 Naam Jim Seafood。陶钵购自东伦敦资深选物店 Labour and Wait，制于陶瓷之都斯塔福德郡，雾米白色粗陶，木制手柄，形状敦厚圆润，沉重好使。

和树小姐通电话时，若正好在里厨房，听见磨杵的剥剥声，她会说你那里听起来就像泰国。而侧听树小姐拨电话给英国的 Sao 阿姨时，她一面做菜一面交谈，背景音效即是那个万年巨钵发出的嗡嗡回响，稳定而安笃，厨房即家乡。

南洋吃煎蕊

马来西亚槟城乔治市景贵街，有两家煎蕊档。当地计程车驾驶，街名说不清，手指街口的"愉园餐室"说："那里的煎蕊有名，很好吃。"煎蕊比街道名气大。

乔治市近年时兴在墙上彩绘。景贵街的墙上也有一幅，两层楼高，用粉蓝粉绿色块，画出少年图样，墙上少年，捧着一碗煎蕊，垂着眼，吃得很专注。地面上是真实忙碌的煎蕊档，人们整齐列队，其他人或站或坐在一旁吃。巨幅壁画，与街上的小人儿对照，生出比例趣味。

煎蕊是闽南语发音，也常常叫作"珍多""珍露"等等的，名称繁多，大部分来自 Chendul 的音译。基础是一种玉绿色的凉粉条，貌似咱们米苔目，口感爽滑。

Chendul 的绿色，是斑斓叶染出来的，有浅浅的芋香味。景贵街的煎蕊，以碗装，加碎冰，浇椰糖浆和椰乳，添一勺炖软的甜红豆，是经典配搭。配料有人加玉米、糯米、波罗蜜或其他有嚼感的食材，但原始版本还是最广受欢迎。

一般认为珍多源自印尼爪哇岛。另有一说，珍多是印尼人参考华人的米苔目设计的。流传到大马，又经土生华人巧手，流变至今。实则东南亚各地，珍多版本无数。头一回吃珍多，在新加坡的商场，用潮州蓝边碗装，强调是槟城风味，吃过就喜欢。在曼谷也喝过许多次。台湾中和的华新街，泰缅华侨的小吃店里也试过，店家将绿色凉粉照片贴在墙上，品名写成米苔目。越南小吃店的版本，配料多是绿豆，而非红豆。越籍的女士们聊起来，说在越南本地，这种绿色凉粉，通常还是豆花的佐料。

珍多和米苔目，做法也果真雷同。原料主要一般是米，偶混木薯粉或其他淀粉的粉团，推过大孔隙的筛网，筛网下，备水一锅。头尾尖尖的短粉条落进去，成形，捞起摊凉即成。

一碗珍多，恰是一碗南洋的风物选。

珍多粉条、椰乳、红豆、椰糖浆，加上碎冰。制法不难，原料不多，是很朴直的点心，但很能反映产地限制，离乡离土后，就强求不来。因此在台湾，不易吃到很好的珍多，原料并不是没有，唯市面流通不广，成品就次一阶。因此在南洋见到，就多吃两碗。

珍多粉条的绿色，以斑斓叶汁调制出来的，应该是梅青色，不算艳丽，若采色素或香精去调，那要多绿就多绿，但是艳而无味。椰浆的最佳版本，是鲜磨的椰乳，不用罐头的，罐头椰乳经过热消毒，香气总是黯一点，但新鲜椰乳在台湾几乎没有。再说糖浆，纯椰糖逐年稀有，一块糖劳力密集，要爬椰树去采集，接着在滚沸的锅边花上大半天搅拌熬煮，南洋热天如焚，熬糖很苦。如今市面上，假椰糖多过真的，掺了白糖、红糖，或以焦糖色素诓人。若采用真椰糖去熬糖汁，焦香中有野气，还有厚实的矿物口感。通常还搁一丝盐，解糖汁的浑浓。

近几年去曼谷，喜欢住在石龙军路这带的华人老区。石龙军路是曼谷第一条以西方技术铺设的平整道路，是百年前繁盛的华人商业中心。此区在地铁开通前，市容一径古旧，与世有隔，且小吃太好。

住过的几处旅馆，都在偏巷里，镇日在街上闲蹀。此区少有高楼和百货商场，市面支应的是当地生活。路上有卖中古汽车零件的，颇似台北赤峰街；有条贼市，在人行道上摆卖来路不明的古董花瓶和首饰；另外有条街，数间寿材店连栋，几具黑森森的元宝大棺材就向着街敞置。初经过时，心里还凉，没两天也就习惯了。

石龙军路上，有创业百年的"恳记凉茶店"，其苦茶和八宝凉茶很降暑毒。恳记旁，是"新加坡餐室"，驰名的就是一种绿色的椰汁粉条冰，也是珍多的族人，当地叫"拉昌新加坡"。当地人说，拉昌是通道的意思，指的就是这种通过孔隙压制而成的粉食。

　　新加坡餐室由华人经营，是七十多年老铺，与新加坡无关，只因过去在新加坡电影院旁而名之。在曼谷永恒的盛暑里，我三两天必须去喝一杯拉昌新加坡解暑。店东懂华语，电视里时常播着央视新闻。听见京腔华语，点评政治，我一面感到窘怪，一面埋头吃冰。

　　拉昌新加坡仅二十多块泰铢，简约价廉。水绿色粉条装在瘦玻璃杯中，入半杯碎冰，再淋上鲜榨的椰乳。糖浆与不是椰糖而是清淡的波罗蜜稀糖浆，由碧绿渐层至粉白，清正且雅。

　　后来去曼谷苏泰寺看壁画，在佛寺旁吃碗汤粉，见一幢由传统泰式木屋改造成的甜品店，称 Baan Ka Nom Pang Khing，英文名直译就是姜饼屋，店以老件桌椅、蓝染软件和竹编灯笼布置，环境很美，许多打扮入时的姑娘在此聊天喝茶。

　　此铺供应欧式糕点和泰式甜品，看见也有绿色粉条冰，便试试。

甜品上桌，贵气逼人，粉条冰以带盖的浮雕玻璃碗装着，有一球椰子冰淇淋，装饰黄色甜椰丝。糖浆另外以玻璃瓶装，内容是西式咸奶油焦糖酱。整套甜品以镀金高脚托盘端来，那样的金色托盘，佛具店有售，佛前拿来供香花或水果。

这粉条冰的味道，尝起来也像珍多，元素大致相似，有斑斓也有椰乳，唯咸奶油焦糖酱的口味太洋派，显得似是而非。他人未必不同意，唯独我出戏，也许是清简的拉昌新加坡，或槟城煎蕊的印象太深刻，总觉得这些绿色粉条，就应该泡在深茶色的，又甜又咸的椰糖浆里。

槟城购物记事
——印度黑铁锅

在乔治市买了一口双耳铁锅。说是买来的,其实是听来的。

怡保到槟城这一段,乘长途巴士到城郊,再换车进城。从海滨宽敞公路,慢慢经过 Beach Street 的英殖民建筑,进入街巷。我们沉浸于新鲜景色,一回神,车已堵在人群之间,仅能缓速推进。此为乔治市的小印度区,是日周末,街上人群如潮涌。

小印度区民众,以印裔穆斯林为主,是大马第三大族群,多数在英殖民时期移民至马来亚。槟城华人多,小印度区在其间自成异域。两线道窄街,夹道是百年历史的连栋店屋。商铺将喇叭向外，播送印度歌谣，鼓点清晰，人声饶美，一街乐音摇曳，有节庆之感。豆蔻和香水味半空沉浮。路人穿着琉璃蓝、竹绿、柿红、藤黄色高彩服饰，领口袖缘，有金银印花绣纹。声色缤纷，如手织地毯浮凸的丝线与图腾。

抵旅馆。老屋改建的旅馆，建筑物是十九世纪驰名东南亚的中药盘商"仁爱堂"旧址。位处边间，三层楼高，两面临路。我们的房间在转角位置，两面墙上，开了三扇长窗。窗扇是双层的，外层是可揭掀的活动木百叶，里是木框夹玻璃，能阻空调外泄，功能俱备而样子好看，设计很巧。

透过旅行才短暂驻留这迷人的房屋，外间虽热，也不舍关窗。下午光线穿窗入室，在木地板上斜斜投射了影子。市井的声息熏染进来。打挡摩托车的排气声和油烟气，融接宝莱坞式欢快歌曲和路人谈笑。人在屋内，如浸浴在五彩街声之中，声音即场景。

入夜，阖上双层窗扇，室内便静下来。清晨还睡着，眠梦间听见街上传来连续的，铿铿、铿铿的声响，音色稳笃，铿铿、铿铿……近如贴在耳边，远的又仿佛传自童年的深井，这声音我熟，是外婆的"乌鼎"，这是煎铲于铁锅上击出的声音。我婴儿般蜷睡，意识未明而隐约知道，睡久一点，梦便延长。

老家位于城郊，亲族都居住在同一块地上。村子位处畸零地，人口少而静，因此虽离城不远，但一直过着半乡居的生活。外婆生前，家族天天一起开饭，她在三个舅舅家里，各自设有大面积的西式厨房，以便料理数十位族人的伙食。另将二舅家的房屋外推，搭建出一间旧式厨房，红色砖砌的大灶，灶头架支大乌鼎，接猛火快速炉，以支应过节宴客时巨量的食物，如姜酒鸭、炒米粉、糙番薯粉……

外婆操作大乌鼎时，锅铲交击的声音很响，我儿时对这铿铿声音非常熟悉。外婆仙去十多年，大灶少人闻问，几年前舅妈修缮厨房，便将之拆除，铿铿声随时光远，远得我几乎忘了，不料在旅途中一唤即回。

醒来时，天已大亮，铿铿余音还在，好梦成真似的。开窗确认声音来源，是对街一家炒粿条（Char Kway

Teow）摊档。

在旅馆大厅吃早餐，供应的是简易的欧陆式早餐（Continental Breakfast），吐司、谷片、茶和咖啡，我们意外这间古迹旅馆处处细节周到，早餐竟有点乏。因此只取了柠檬水和香蕉，想稍晚或许到街上再找。

一落座，机灵的前台，一位印度姑娘来问："你们要吃炒粿条吗？"惊喜。当然答好。原以为是交代旅馆厨房准备，不料印度姑娘竟走出门去，跨到对街的粿条摊去点餐。

对街的粿条摊，就是清晨听入梦里的那一家。老板接单即炒，铁锅发出相同的铿铿声，完成后，亲自端着两碟粿条，跨过街来给我们。美耐皿上垫一片香蕉叶，炒粿条分量不多，黑乎乎地堆着，貌不出众。本地炒粿条，下黑酱油和辣椒酱，烈火中连续疾炒而成，一尝，太香了。浓浓不散的镬气，熏附在粿条上，虾仁和鸡蛋上，韭菜和豆芽上，一切的一切上。

炒粿条在大马举国皆有，但槟城版本很有名气，外地也时常能见到冠名槟城的炒粿条。停留槟城期间，一吃成为铁粉,每天吃上不只一碟。在巴刹(市场)吃它;在茶室里也吃;乘当地计程车 Grab 时,遇到一位司机手舞足蹈介绍"兴发茶室"的炒粿条,随机下车,店家本准备打烊,重新开火,为我们炒了一份。在槟城的一路上,炒粿条的铿铿声,始终不绝于耳。

饭后往街上走,这一带有蕉叶饭餐馆,印裔穆斯林的绿豆薏仁粥,甜点摊车,服饰店,五金行,是完整的印度生活圈。因为家人托买 Garam Masala 综合香料,我们逛进一家什货店,是三个店面宽的批发大店,店里一半售印度厨房用品,另一半销售食材,黄铜和金银色的盆碗,自地面堆叠成墙。印度酥油 Ghee、谷类、面粉,齐备批发和零售的大小分量。我们要找的 Garam Masala 综合香料,有散装、包装的,有烧鱼肉、羊肉、鸡肉的,配方不同,堂堂占据四五个货架,很是壮观。

其中看见了一整摞的黑铁锅。

黑铁锅圆滚滚的。锅腹圆,把手也是粗圆柱绕圆,草草焊接而成，锅身铸成后，边缘竟无修齐，从水平线侧看过去，高低起伏不定。我一提起锅子，指腹马上沾满防锈的黑油。价格则便宜得令人惊讶。二十五马币，时兑约二百元台币。

因为价廉，收边潦草的黑铁锅，我一眼就喜欢上。它粗陋、乱七八糟，但是坦率而坚固。还没开锅，就已半旧不新。锅的缺陷是人为的，工匠放过不管，它就长成这样。就像家长局部野放小孩，不凡事堵着管教，小孩反而长得有意思。世间多的是这种，满布人性魅力的缺陷，完美光滑的，则未必有。此锅不羁的锅缘，使它好玩。

锅只有约五升容量，远远不及外婆那种十多斤的灶上大镬，但仍很沉。我的队友是搬运行李的人，必须和他商量。队友基于理性，建议搁着想两天。我们本就预备返台前买齐大马作家林金城先生的著作，必须合并考虑行李重量。

离开槟城前一日，队友问："认真还想买锅吗？"当然啊当然。我立刻乐陶陶地腾出行李，预备装锅。

返回印度厨具店，在成堆铁锅中，选了其中歪斜情况数一数二的一口。抱着锅排队等结账，当时的表情可能太飞扬，身后的印度妇女，手指指我的锅，竖起拇指。店员帮我用数层旧报纸裹起来，再用塑胶袋扎好。

回程自槟城，转机吉隆坡，在吉隆坡多待一晚上与人会面，才转回台湾。买锅后三天，人与锅才一起抵家。旅途返来，我一向不忙着归位行李，让它在屋里一角敞着，此回倒是速速取出铁锅，准备开锅。

解开塑胶袋，像剥高丽菜叶那样，层层卸除报纸包装。此时竟然有一股印度干香料味，自包装中窜出来。确确实实是槟城的那一家印度杂货店气味。这口听来的锅，竟携带着彼国的气味与声色，关于它的故事现场，漂洋过海到台北，与我们一起住了下来。

茶室的文法

去马来西亚一趟的念头,养了几年,终于成行。一切始于新加坡的一座茶室,一席陌生对话。

新加坡的加东区,一家八十多年的海南茶室里,店家安排我们与一对中年男女并桌。

一个老妇人,逐桌兜售小包装面纸。星国因为法规限制公开乞讨,生活艰难者,改售卖纸巾面纸等物什。问到我桌,我们婉拒。老妇人也许扑空多次,积怨忽地狂燃起来。她以华语冲着我们咆哮许久,用词怨毒,满室喝咖啡吃面包的客人都撇开眼去。骂完她气冲冲离去,一屋子人还屏住呼吸,只闻吊扇嗡嗡地转。店家目睹一切，漠无表情，像是常有之事。

我们颇受惊吓，半晌说不出话。不算犯错，仍一脸热辣。直到室内人声又腾起。同桌的女士，好心出声与我们聊天，化解一桌霜气。

女士一身旅行打扮，面目光悦，声音很脆。她询问我们从哪里来，也谈自己。她原籍新加坡，先生是香港人，我来自台湾，同伴是泰国人。一桌人来自亚洲四地，遂以英语交谈。

她说儿时念的女子中学，就在茶室旁。嫁到香港以后，每返星国，必来喝茶。她聊亚洲各城小吃，清迈的咖喱面、台北的小笼包和牛肉面，能听出是个频旅行的人，且对食物有很大热情。

女士说这茶室的味道，和她儿时大致相同，可新加坡许多其他小吃已走味。记得她说若要吃到南洋华人的传统小吃，或对茶室感兴趣，最好去马来西亚，比如槟城或怡保。

过几天，在牛车水的小贩中心里，竟与这对夫妇二度遇见。都说狮城地方不大，也有两个半的台北市面积，巧遇仍不容易。大概是喜欢吃东西的人，会往一处去。女士此番又推荐我们喝一碗苏东丸汤，试了，觉得味道好，对她印象深刻。世上许多地方都值得去，但实际启程，需要因缘俱足。遇到合拍的推荐者，也就因缘俱足。

在新加坡旅行时，发现传统茶室已寥寥，被当成特色景点看待，邻里小店，多是连锁商号。前文提及的加东区茶室，墙上悬着 Heritage Hero（遗产英雄）奖牌。其菱形水绿色花砖地板、云石铺面实木圆桌、南洋曲木椅，乃至凉凉冷冷的招待，无一不是文化遗产。没两年，这家店也悄悄歇业，又一英雄成为往事。

而马来西亚茶餐室真不少，几个街口便一家。我们此行，停留吉隆坡和怡保，终点是槟城。旅程下来进了十几趟不同的茶室。

茶室里能见一种常民式的热闹，不是遗产，全很鲜活。有上世纪初的景观，又贴着现代的味蕾，我是个恋旧者，进到这种陈年的场所，觉得特别舒坦。愿他们时常在那里，一直健朗而长存。

落座，需先点饮料。茶室的水吧，提供咖啡、茶和各色冰饮热饮，堂倌问："要什么水？"指喝什么饮料。

水吧兼售吐司，夹甜稠的咖椰酱（Kaya）；另有生熟蛋，是连蛋白都尚未完全凝固的水煮蛋，破蛋壳，蛋汁倒入浅碟，汪汪滑动，撒胡椒，浇酱油数滴，稀里呼噜吞下，或拿烤吐司蘸着蛋汁吃，配上一杯咖啡或茶，是当地常见的早餐组合。

茶餐室空间，还可分租给其他摊档。比如吉隆坡的"丽丰茶冰室"，建筑物落成于一九五三年，茶室与人行道相邻的边界，栖居的摊档，有售牛腩面的、鸡丝河粉的，还有炒粿条、烧腊与小炒。与小贩点餐之后，可以在茶室座位享用。

正午炎热，进槟城"和平茶餐室"稍停歇腿，只点了矿泉水。水吧的安哥（叔叔），仿佛很为我们可惜。频问："要不要试试卤肉（Lobak）？要不要吃蚝煎？我们这儿很有名的。"热心招呼，帮衬他人生意。大马的"卤肉"与台湾的同名异义,其实是一种综合炸物,其中主要的一种,近似台湾的"鸡卷",油炸腐皮肉卷。蚝煎则是福建做法,像鸡蛋蚝饼,比较干香,没有咱蚵仔煎黏乎乎的地瓜粉皮。

今人讲"共享经济",指新兴网路平台创造的商业活动。但若观察茶餐室这样古典的场所,未尝不是提供平台(空间),与其他小贩共享流量(顾客),彼此搭台,共生共荣。这是共享,也是经济,此外还富于人情。

茶餐室对着骑楼开敞,一般无冷气,天花板上悬着大吊扇。里外通风,竟也不热。茶室中人缓慢晃悠,也很清凉。许多茶餐室清晨即开,一日下来,容纳了许多聚会与停留。我喜欢看人,一杯茶的时间,便满足了对俗世人景的张望。

如怡保旧街场的"天津茶室"内,年轻夫妇抱个孩子入店,叫上炖蛋(焦糖布丁),以茶匙慢慢喂入小口;几位奶奶将两张圆桌凑近,点心满桌,作为聊天燃料，聊留学海外的儿孙成就，聊异国的旅游。"南香茶室"室内爆满，必须并桌，遇一位独自吃鸡丝河粉的女子，左手滑手机，右手食粉。食毕仅抬一眼，再叫一碟烤面包。旁若无人自足完满，仿佛是独处，而仍在人间，不同于下班后在三坪半小套房内，叫机车外卖的那种独处。"新源隆茶室"中两老汉对坐，偶尔对话，言外多有留白，隙间各自神游。

茶室无音乐，而声音不绝：火焰声、鼎镬声、伙计吆喝、人与人团着聊天。一幕人间切片。这么一处处的茶室听下来，发现有年岁的男人，话的时常是当年；女人们聊的，则多在眼前。

茶餐室是好地方。我不禁想，倘若台湾也有茶室，与民情也不隔阂。我们如此热爱自己选配食物，东吃一点、西吃一点。且看台北大稻埕慈圣宫前的小吃街，庙埕遍布白铁折叠桌。桌上有排骨汤、鲨鱼烟、咸粥、炸猪肝、炒饭，一桌丰盛，来自数家不同摊贩。

茶餐室且能栖人。石面木桌，靠背木椅，较小吃摊宽松,食物更丰。时常在城里的咖啡馆里与人见面,时间一长,并非不愿意多消费,而是胃酸承受不了无限的奶油和糖、蛋糕或派挞。此时暗想,若能来一碗热饭,或肉汤,会非常好。渴了有茶,饿了有餐,吃了咸的,接着吃甜的地方,不就是茶餐室吗?

于是试想台湾住宅区里的一爿店铺,座位三四十,服务邻里,供热茶和咖啡,兼售一点台式面包,如葱面包、菠萝、花生奶油。店之周围,数档小贩,售卖扎扎实实的食物,如虱目鱼粥,或牛肉面,或卤肉饭鸡肉饭,或米糕肉圆,或水果切盘刨冰豆花……如此各色的人,皆能满足在外间驻留歇着,或与人会面的需求,又得到基础的吃喝。

扯远了。说回茶室的语言。

非本地人,在大马的茶室里,首先识得菜单上的文法,才能得一杯称心的饮料。如同在港澳的茶餐厅里,看懂餐牌上那些,自英语译写再缩称的生词,如公司文治(Club Sandwich)、奄列(蛋包 omelette)、油占多（奶油 butter、果酱 jam、吐司 toast），才能得好些餐食。

然而身为一个能讲闽南语的台湾人，星马的茶室菜单，是一种贴着母语的声腔，是好远又好近，他乡遇故知。

首先茶室就叫 Kopitiam，kopi 是咖啡，tiam 是店的闽语；茶唤作 teh，也是闽语；Kopi O 是咖啡乌，指黑咖啡加糖，不搁淡奶。咖啡乌的乌，就是"天乌乌"的乌。

茶室的文法，是混种文法。茶室的吃食，亦是混种的吃食。如烤面包抹上咖椰酱，一种甜抹酱，体例来自西方，是英殖民时期的卡仕达酱。原材料含鸡蛋、牛乳、香草、白糖。东南亚有时将鸡蛋置换成味浓的鸭蛋；牛乳改椰浆；香味元素如香草，以斑斓叶替代，带着浅浅芋头香气；舍白糖，入本地椰糖（Coconut Palm Sugar），椰糖将咖椰染成茶色，有太妃糖似的，繁复多层的焦香。咖椰自此从卡仕达队伍出走，形似而独立，彻底成为南洋口味，一件土生土长的全新事物。

茶室的文法，是来自移民、殖民、住民的撞击与掺混，内化生根成全新传统。这类彼此掺混，最后成为常态的事，咱台湾人也有既视感。我们吃凉面，面是福建式黄碱面，酱是芝麻酱，配汤竟常常是日式味噌汤。喜宴头盘的冷碟，五味九孔和乌鱼子旁，是生鱼片。咱早餐可以是豆浆烧饼，午餐吃意面配鱼丸汤烫青菜，晚餐来上一碟越式排骨饭。

亚洲近代史里的天灾人祸，将人们成群搬移。穿越大海，和命运的凶险，活下的人，在异地重建生活。白手起家难，拼贴择拣，才生出因地制宜的生存本事，浓缩在茶餐室的吃食里。须知要撼动威权多么困难，修改食谱可能容易。人间冲突的伤害久瘀难消，味蕾上比较可能相互和解。茶餐室里，处处是常民做主的、拼贴的自由。自由贵在不觉不察，如吃饭喝水。而茶餐室，我感觉很是这么一处自由的场所。

曼谷郑老振盛中西饼家朥饼

槟城炒粿条

南洋餐室曲木椅（摄于槟城蓝屋）

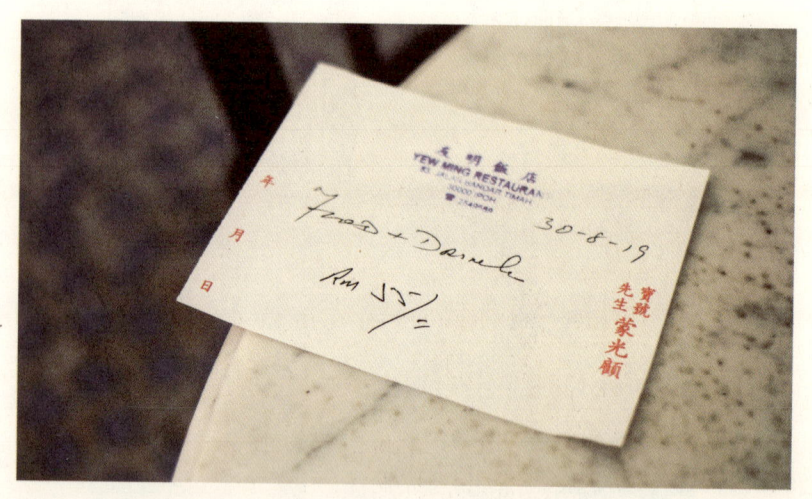

怡保友明饭店收据

后记与致谢 *

如今这集子要成了,一时恍惚。我这个业余者,写得晚,且写得慢。书中文章,我的妈妈不曾读过任何。倘若妈妈还在,估计我什么也不写,安守本业,享受家中饭菜和时光,将大把岁月挥霍掉也不可惜。

自本书出版的春天往回推,我妈过世整五年了。五年来我一直感到我们共存的时间海水退潮般往后,人还在往前走,地平线却不停后退。若没留下点什么,简直束手无策。因此看待此书的方式颇为物质,将从

---

* 本文为台版《老派少女购物路线》"后记与致谢"。

前光景，落成几万黑字，可保存携带一段时间，较我的记性牢靠。

我所处的时代，众声喧哗，人在其中常站不稳。这本书写家中老人、老菜、老物件、菜市场，及这些"老派"事物如何在生活下桩，稳定自我。起点单纯，若对他人有益，也是好事。

后记原不打算写。然而不写，要谢的人就谢不到了，故这篇后记也是谢辞。

首先谢我妈妈柯妙比，与外婆柯赖阿兰。

因时代造弄，我不及她们的天资，却获百倍的栽培，故今天我是写故事的人，猜两老若能写写自己，必加倍好看。跟在她们身后，很是幸运。但不敢言将此书献给我妈妈和外婆，实在是与她们带给我的闪亮童年，以及饱满日常生活相比，一本小书太寒伧了。

谢谢舒国治先生、马世芳先生为书作序，蔡珠儿女士的短文推介。推荐人韩良忆女士、简媜女士等。诸位是前辈大家，作为新人、晚辈，作为各位的读者，承蒙尊敬的前辈作家鼓励。恩重如山，自己未来要多长进。

谢谢《上下游·副刊》的古碧玲总编辑，《上下游》是我最初发表处，不仅将素人文章刊登在创刊号十分狂野，且若无古总编这些年的出题敦促，本书过半文章也写不出的。在此一齐感谢将我引介给《上下游》的陈斐雯和曹丽娟老师。

再谢远流编辑团队，本书因各位温柔照料，打理枝叶，终于能出来见人。

最后感谢先生。我一直以为婚姻可畏，但原来遇上合适的人，就不担心。

洪爱珠

二〇二一年三月，五股家中

图书在版编目（CIP）数据

老派少女购物路线/洪爱珠著.--北京：北京日报出版社，2023.1（2025.2重印）
ISBN 978-7-5477-4408-6

Ⅰ.①老… Ⅱ.①洪… Ⅲ.①散文集-中国-当代 Ⅳ.① I267

中国版本图书馆 CIP 数据核字 (2022) 第 194156 号

北京版权保护中心图书合同登记号：01-2022-6388

本书由远流出版公司授权，限在中国大陆地区发行。

责任编辑：姜程程
特约编辑：黄盼盼
书名字体：洪爱珠
封面插画：洪爱珠
图片摄影：洪爱珠
制　　作：陈基胜　马志方

出版发行	北京日报出版社
地　　址	北京市东城区东单三条 8-16 号东方广场东配楼四层
邮　　编	100005
电　　话	发行部：(010) 65255876
	总编室：(010) 65252135
印　　刷	山东韵杰文化科技有限公司
经　　销	各地新华书店
版　　次	2023 年 1 月第 1 版
	2025 年 2 月第 7 次印刷
开　　本	787 毫米 ×1092 毫米　1/32
印　　张	9.5
字　　数	120 千字
定　　价	68.00 元

版权所有，侵权必究，未经许可，不得转载

如发现印装质量问题，影响阅读，请与印刷厂联系调换：0533-8510898